Anna Oliverio Ferraris

Tacchi a spillo

GIUNTI

Questa è un'opera di fantasia. Ogni riferimento a fatti accaduti e a persone esistenti o realmente esistite è puramente casuale.

www.giunti.it

Via Bolognese 165 – 50139 Firenze – Italia
Via G. B. Pirelli 30 – 20124 Milano – Italia

Prima edizione: gennaio 2023

Tacchi a spillo

È bene sospettare di tutti,
finché non si riesce a dimostrare che sono innocenti.

Agatha Christie

1

Passioni d'amore

Il telefono squillò con la solita insistenza. Marisa stacca alle venti in punto e prima di andarsene inserisce l'inoltro di chiamata direttamente al mio studio. La deviazione ne intensifica il suono, lo rende più acuto e ostinato. O forse era semplicemente tardi.

Erano le ventuno e quaranta. Minuto più minuto meno. Un'ora inconsueta per una chiamata a meno che non provenisse da casa.

Me ne stavo allungata nella mia confortevolissima poltrona, acquistata anni fa da un antiquario di via dei Coronari, ancora in ottimo stato, in cui generalmente si sprofondano anche i miei pazienti. Non so se è corretto che lo facciano, ma dopo qualche incertezza iniziale tutti quanti vi si adattano come se fosse un guscio, tutti tranne le pazienti anoressiche che preferiscono invece una normale sedia da tavolo a spalliera rigida. È incredibile come quelle ragazze siano sempre alla ricerca di una qualche dimostrazione di resistenza, anche minimale, che le faccia sentire orgogliose della loro forza di volontà.

La poltrona è di cuoio scuro, consumata ormai in vari punti ma morbida. Molto avvolgente. Senza alcun dubbio uterina.

Con le gambe allungate, i piedi rilassati sul pouf ottomano, anch'esso acquistato in via dei Coronari, e gli auricolari nelle orecchie ero completamente immersa nell'ascolto di una registrazione. L'ultimo lavoro di una giornata più pesante del solito prima di tornare dalla mia famiglia.

Difficile farlo a casa, con le bambine che ti ronzano intorno, ti tempestano di domande, si strappano di dosso le T-shirt l'una dell'altra, e il marito che a fine giornata vuole le attenzioni che gli spettano.

Così distesa, invece, riesco a concentrarmi e a collegare idee anche molto lontane tra loro ma indispensabili per inquadrare i pensieri e le emozioni dei pazienti. Valutare dal tono della voce e dalle pause la loro partecipazione, le esitazioni, i ripensamenti e le bugie. Sì, anche le bugie. La voce da sola può rivelare a volte più della mimica e dei gesti. Anzi, la mimica e i gesti qualche volta finiscono per distrarre. Ti concentri e perdi le sfumature della voce. Me lo son chiesta più di una volta se il grande Sigmund Freud non avesse adottato lo schema del divano con il terapeuta alle spalle proprio per questo motivo e non invece, come sostengono alcuni, per consentire al paziente di non distrarsi guardando in viso il terapeuta. Un'altra spiegazione potrebbe essere una inconscia timidezza di Freud. Da cui potrebbe essere emersa, suo malgrado, una prassi terapeutica e una teoria, anche se ovviamente gli psicoanalisti ortodossi considererebbero questa ipotesi come una irriverente provocazione.

Ma torniamo alla registrazione. Era stata eseguita da Simona, la tirocinante a cui affido dei casi per un primo screening, sia pure seguendola passo passo. Su un quaderno poggiato sul bracciolo della poltrona, stavo segnando a matita i punti salienti del suo dialogo con una paziente nuova, che avrei poi valutato insieme a lei l'ultimo sabato del mese, la giornata che dedico alle supervisioni.

Prendo sempre degli appunti perché non posso correre il rischio di confondere un paziente con un altro né di dimenticare dei passaggi significativi. Le vicende esistenziali si assomigliano, ma gli intrecci non sono mai identici. Sono diversi i personaggi, i dettagli, i sentimenti, i linguaggi. Sono diversi il sesso, le età, le parentele. Ogni caso poi è un rebus a sé.

«Non lo conosco, non l'ho mai visto neppure in fotografia; eppure è al centro della mia vita. Non so quanti anni ha, dove vive e che lavoro faccia. È diventato il mio pensiero dominante. Sento che potremmo amarci. So che è lui l'uomo che il Padre Eterno ha voluto mettere sulla mia strada. Perché nulla è dovuto al caso. C'è sempre un motivo per ciò che accade. La mia vita sino a ora è stata un prologo e il mio matrimonio una fase di transizione...»

Questo l'esordio, pronunciato con grande enfasi, ma con voce tremante per l'emozione, da Adelia, la paziente che avevo affidato a Simona. Trentanove anni, sposata e con un figlio di cinque concepito con lo sperma di un donatore anonimo.

«Sono in una impasse» mi aveva anticipato Simona nel consegnarmi il nastro con la registrazione di quella prima seduta. «Mi dia lei qualche dritta, dottoressa, perché non so come andare avanti.»

Mi fu chiaro, fin da quelle prime battute, che si trattava di una donna in preda a un delirio d'amore, erotomane, secondo i manuali di psichiatria. Per l'esattezza *un tipo di disturbo delirante in cui il paziente ha la convinzione infondata e ossessiva che un'altra persona provi sentimenti amorosi nei suoi confronti.*

Ci vuole esperienza, molta pazienza e perseveranza per seguire casi del genere, uomini o donne che siano, e non sempre si riesce a tirarli fuori dai loro vagheggiamenti senza provocare qualche danno collaterale. Simona era volenterosa e molto ben disposta, ma alle prime armi, e da sola non poteva farcela.

Mi è già capitato un caso di erotomania anni fa.

Lui, sposato con figli, era stato travolto da una passione per un suo dipendente, un giovane e servizievole ragioniere che, per tenersi buono il capo, aveva fin dall'inizio cercato di compiacerlo. Gli preparava il caffè in ufficio, rispondeva per lui al telefono, passava a prenderlo ogni mattina con la sua auto e lo riaccompagnava a casa la sera. Per fare una buona impressione aveva anche cambiato i coprisedili della Golf con una fodera blu acciaio che dava alla sua vecchia macchina un aspetto quasi elegante.

Il capo aveva interpretato queste attenzioni come profferte d'amore, e più di una volta nel salire e nello scendere dall'auto gli aveva posato una mano su una spalla e accarezzato il collo. Prima di sfuggita, poi in maniera più prolungata e insistente. Il giovane ragioniere non aveva mai protestato, ma neppure risposto con simpatia e apprezzamento a quei contatti. Anche quando il capo, dopo avergli accarezzato i capelli, gli aveva sussurrato che la sua pelle aveva un buon "effluvio" (proveniente in realtà dal dopobarba), lui era rimasto rigido, immobile, impietrito, con lo sguardo fisso oltre il parabrezza. Il capo, tuttavia, aveva interpretato quel suo irrigidirsi come un timido consenso, una promessa per il futuro. Si scioglierà, aveva pensato, è solo questione di tempo. Bisogna dargli modo di vincere i suoi pregiudizi omofobici, tutti ne hanno all'inizio.

Forte di questa certezza aveva incominciato a trattenersi sempre più a lungo in auto, parlando del più e del meno, prima di scendere per rientrare a casa dalla moglie e dai figli. Accampava scuse fantasiose per telefonargli nei giorni festivi e qualche volta anche la sera per augurargli la buona notte. Quando, infine, aveva tentato di baciarlo sulla bocca ed era stato respinto, non con violenza ma con determinazione, invece di desistere aveva aumentato le sue profferte amorose, lamentandosi dei tabù del giovane.

«È una "sindrome di de Clérambault" al maschile» mi aveva annunciato il collega che me l'aveva inviato. «Interpreta le attenzioni del suo dipendente come innamoramento. Lo invio a te perché penso che con un'analista donna ne possa uscire più in fretta. Su un maschio potrebbe trasferire la sua libido e il trattamento diventerebbe molto lungo» aveva spiegato.

Un'interpretazione che mi aveva fatto riflettere, ma non mi aveva del tutto convinta. Pensai che il mio collega non volesse affrontare il transfert che, per chi non lo sapesse, è la tendenza del paziente a proiettare sull'analista i propri affetti e le proprie aspettative, i propri desideri e la propria carica sessuale. Per non parlare dell'insidiosissimo controtransfert che, in un moto opposto, passa dall'analista al paziente. Credo temesse che il paziente cercasse in lui quella intesa sessual-sentimentale che non era riuscito a suscitare nel suo dipendete etero. Una intricata matassa di impulsi ed emozioni non facile da dipanare.

Fatto sta che il paziente in questione non pensava ad altro che al ragioniere. Ai suoi caffè, alle sue buone maniere, al suo profumo inebriante. Non riusciva più a prendere sonno né a fare sesso con la moglie.

«Ci potrebbe essere qualche trauma irrisolto nel suo subconscio» aveva poi aggiunto il collega per completare il quadro «che potrebbe risalire all'infanzia. Che so, un abbandono. Un lutto.»

Non ravvisai traumi infantili né rilevanti carenze affettive. Mi ci vollero comunque una decina di incontri bisettimanali prima che quel paziente, confuso e infelice, accettasse l'ineluttabile, ossia che il suo giovane ragioniere non sentiva alcun trasporto per lui. Sebbene gentile per natura e servizievole per interesse, non aveva alcun *penchant* per la sessualità gay né, per quanto amasse il suo lavoro e ci tenesse a non perderlo, era intenzionato a diventare bisessuale.

La paziente che avevo affidato a Simona per un primo screening era una variante della sindrome di de Clérambault. Anche in questo caso c'era un lui che non ricambiava, ma con una particolarità in cui sino ad allora non mi ero imbattuta: quel lui, Adelia non l'aveva mai visto neppure in fotografia, su uno schermo o da lontano di sfuggita. E neppure ne aveva udito la voce o annusato l'odore della sua pelle. Ciò nonostante, quell'uomo le si era insinuato nei meandri del cervello come una goccia d'inchiostro sulla carta assorbente, allargandosi man mano e invadendo ossessivamente i suoi pensieri.

«Una fase di transizione? Che cosa intende per "fase di transizione"?» le aveva chiesto Simona con voce incerta, non sufficientemente empatica. Ma come ho detto la mia giovane collaboratrice era alle prime armi.

«Intendo che Pino, mio marito, è un brav'uomo ma non è certo l'uomo della mia vita. Ci siamo sposati perché ci conoscevamo fin dalla scuola materna e perché lui è sempre stato affettuoso e paziente con me, caro, molto caro, ma con Pino non c'è mai stata quella passione, quel *thrill*, quella forza travolgente...» Immaginai un'espressione assorta sul viso di Adelia.

Seguì una pausa piuttosto lunga, che Simona non interruppe cercando di assecondare la paziente.

«La vita ci ha messi l'uno accanto all'altra, ma era solo un intermezzo in attesa del mio *lui*, della mia vera metà. E quando questo succede lo sai per certo. Senza ombra di dubbio!» Il tono era sognante e determinato al tempo stesso.

Cercai di nuovo di immaginare il volto di Adelia partendo dalla sua voce mentre formulava questa sintesi della sua vita sentimentale. Palpebre abbassate o sguardo fisso all'orizzonte? Orientandomi sulla voce optai per la seconda alternativa. Cercai anche di immaginarmi il suo aspetto fisico. Me la rappresentai alta, formosa, una massa di capelli (color amaranto?) che le incorniciavano il viso e le ricadevano sulle spalle. Gambe solide come colonne e caviglie forti. Una specie di cariatide. Occhi scuri penetranti capaci di fulminare l'interlocutore appena fosse emerso un minimo disaccordo.

«Quindi c'è un altro uomo che domina i suoi pensieri...» era intervenuta Simona facendosi coraggio.

«Certo che c'è un altro uomo!» aveva risposto spazientita. «Glielo sto spiegando. È lui, è il padre di mio figlio!»

«Vuole dire il donatore.»

«Certo, immagino che la dottoressa Damiani le abbia raccontato come è venuto al mondo mio figlio.»

«Sì, certo, so che ha fatto una cura.»

Meno distacco Simona... borbottai tra me e me.

La dottoressa Margherita Damiani è la ginecologa, amica dai tempi dell'università, che di tanto in tanto invia dei casi al mio studio. Ultimamente, sempre più spesso, segno che i miei interventi vanno a buon fine. Simona sapeva che Adelia si era sottoposta a una cura per la fertilità, ma non di che tipo e tanto meno della sua passione per il donatore. Non avevo avuto il tempo di fornirle dei ragguagli e adesso stava brancolando nel buio.

Devo essere più esauriente, pensai, con un vago senso di colpa.

«Ha cinque anni. È bellissimo. Diverso da mio marito. Biondo. Gli occhi color ambra.»

«Un bel maschietto, dunque.»

«Ho una foto nella borsetta.» Il tono ora era allegro.

Udii il tramestio provocato dalle mani di Adelia che cercavano la foto all'interno della borsa. Immaginai delle unghie rosso scuro, lunghe e squadrate.

«Sembra un bambino felice» commentò Simona.

«Serafino *è* un bambino felice, proprio così. L'ho avuto grazie a *lui*...»

«Il donatore...»

«Già, il donatore.»

Pausa.

«Che brutta parola, non le pare dottoressa? Una parola anonima. Come se il padre del mio angelo facesse parte di una categoria di robot e non fosse invece una persona in carne e ossa.»

Simona tacque. Immaginai il suo imbarazzo stampato sul viso. Probabilmente aveva cercato di rimediare con un sorriso rabbonente.

«Ne vorrei un secondo. Magari una bambina. Oppure un altro maschio, non importa, andrebbe bene lo stesso. Questa volta però lo voglio per la via normale.» Il tono, ora, era assertivo.

«Capisco.»

Probabilmente Simona si stava mordendo il labbro inferiore, come era solita fare quando era in difficoltà.

«Mi fa piacere che capisca, dottoressa, perché invece la ginecologa non vuole capire» replicò con la voce alterata.

«In che senso non vuole capire?»

«Si ostina a non voler capire. Insiste nel dire che il donatore deve restare anonimo e che il rapporto fisico con la ricevente – cioè con la sottoscritta – non è previsto.»

Pausa.

«È così che mi ha detto» aggiunse Adelia sconsolata.

Sta scuotendo la testa, pensai.

«È la prassi, signora. Il medico non può combinare degli incontri dal vivo, non sarebbe professionale, sarebbe un bordello ed è un diritto inalienabile del donatore quello di restare anonimo se lo desidera.»

Ahi, ahi, la situazione è delicata e la parola bordello è fuori luogo, decisamente fuori luogo.

E infatti: «Mi dispiace che lei la pensi in questo modo e che usi questo linguaggio» fu la reazione di Adelia. «Questa che lei chiama professionalità è soltanto distacco, indifferenza. Il bordello poi non ha nulla a che vedere con la riproduzione. La riproduzione è quanto di più sacro ci sia al mondo. Adamo non ha lasciato Eva da sola di fronte al mistero del concepimento, ma ha condiviso con lei la responsabilità della maternità.» Il tono era indignato.

«Capisco, ma è quello che succede in questi casi» ora il tono di voce di Simona era comprensivo, affettuoso come una carezza. *Forse ci sta mettendo una toppa.*

«Ci sono cliniche specializzate che forniscono seme, uova, uteri in affitto, persino embrioni già formati. Chi si avvale di queste procedure sa a cosa va incontro e accetta senza riserve queste prassi ormai collaudate e molto diffuse.»

«Senza riserve lo dite voi, e mi stupisco che lo dica una psicoterapeuta. Forse lei è ancora troppo giovane per capire.»

Simona preferì non rispondere a questa provocazione. E fece bene.

«Quando la dottoressa Damiani depositò dentro di me il seme del papà di mio figlio provai una sensazione, un calore… da allora non ho fatto altro che sognarlo. Per tutta la gravidanza e anche dopo. E dopo, ancora più di prima perché ho incominciato a vederlo in Serafino. Nel mio bambino. Quello che voi chiamate con distacco il donatore fa parte della mia famiglia. Mi capisce, dottoressa? riesce a capire?» concluse sottolineando la domanda con tono provocatorio, al limite dell'offensivo.

«Capisco. Capisco. Bisogna però mettere in conto l'ineluttabile. Non tutto può essere cambiato. Non possiamo avere tutto quello che vorremmo.»

«No, lei non capisce! mi scusi ma non capisce proprio! Non c'è l'ineluttabile. Il seme poteva anche non attecchire, cara la mia giovane e inesperta dottoressa. E invece no, ha attecchito immediatamente. Si è attaccato subito alla parete dell'utero. Senza alcuna esitazione. Ha trovato subito il terreno favorevole. Il *suo* terreno. È il destino che mi lega a quell'uomo e il destino è la forza che tiene insieme il mondo.»

Un caso rognoso da seguire personalmente, non certo da affidare a una tirocinante agli esordi. Margherita avrebbe dovuto inviarmela cinque anni fa, riflettei subito dopo; bisogna prepararsi a eventi del genere, e non riuscii a non provare un senso di pena e di autentica solidarietà per quella donna in confusione di fronte al mistero della maternità.

«Cosa dice suo marito?» domandò Simona mentre spostava l'attenzione su un aspetto collaterale della questione, nel tentativo di riguadagnare una posizione se non autorevole almeno di parità con Adelia.

«Mio marito sa. Mio marito ha capito. Lui e Serafino si vogliono bene.»

Ci fu una lunga pausa che Simona non seppe come colmare.

«So che cosa pensa, ma non sono pazza, non ho bisogno di una cura, non so perché la dottoressa Damiani mi abbia mandata da voi... Non ho bisogno di psicoterapia, ho soltanto bisogno di sapere chi è quell'uomo e come rintracciarlo. Mi basterebbe il numero di telefono oppure la mail.»

A questo punto premetti il pulsante dello stop e fermai il registratore. Il telefono continuava a trillare in modo insistente. Non potevo ignorarlo. Mi alzai e andai a rispondere. In quella manciata di secondi necessari per spostarmi dalla poltrona alla scrivania pensai a una chiamata da casa e mi venne un tuffo al cuore.

2

Un incidente insolito

A quell'ora con le gemelle c'era Lorenzo, impegnato nell'organizzazione della cena. In genere se la cavava discretamente con loro, ma era pur sempre un maschio, con le sue distrazioni e superficialità in fatto di figli. Non è certo il tipo che se le dimentica in automobile sotto il sole di agosto; anche se una volta, quando erano ancora nella fase del gattonamento, le ha quasi lasciate annegare in un laghetto. Affascinate da una biscia che strisciava sul fondo sabbioso, erano entrate in acqua e, nel tentativo di acchiapparla, avevano incominciato a respirare e a bere tranquillamente sotto la superficie. A ripescarle era stata una giovane madre allertata dal suo bambino di tre anni che, poiché gli era stato proibito di entrare nel laghetto, aveva trovato ingiusto che ci fossero delle bambine.

Elena e Luisa hanno sette anni, una grande verve, prendono iniziative imprevedibili, come riempire d'acqua una piscinetta di plastica nel bel mezzo della cucina e poi inondare il pavimento. Hanno entrambe un temperamento forte e per gestirle bisogna entrare nella pelle di un domatore di tigri. Da quando in casa ci sono le due pesti la mia vita è cambiata e mi allarmo per un nonnulla. Anche loro sono nate da una fecondazione assistita, guidata proprio da Margherita. Omologa, però, non eterologa. Io e Lorenzo non eravamo più dei ventenni quando ci siamo sposati e la fertilità, si sa, diminuisce con l'aumentare degli anni. Ci sono voluti tre tentativi, ma alla fine ce l'abbiamo fatta.

Sul display però non comparve né il numero di casa né quello dello smartphone di Lorenzo, soltanto l'ora, i minuti e un numero sconosciuto.

Succede che un paziente ansioso mi chiami in affanno dopo il tramonto, qualche volta addirittura in lacrime. Mi aspettavo quindi che dall'altra parte ci fosse uno di loro. Mentre sollevavo il telefono dalla base troppo leggera per quella cornetta (come rimpiango i telefoni dei miei genitori, con una base pesante e con il filo a molla) pensai a tre possibilità: ai più fragili in quel momento. Ai più soli. Sofia che era stata lasciata in quei giorni dal secondo marito. Michela che aveva avuto un aborto. Ezio che, dopo la morte della moglie, non riusciva a restare solo in casa la notte.

La voce baritonale però, dall'altro capo del filo, era di uno sconosciuto.

«Pronto. Parlo con la dottoressa Vanda Marras?»

«Sono io, sì. Con chi parlo?»

«Sono il commissario di pubblica sicurezza Marcello Cigoli.»

«Ah!» In un millesimo di secondo mi domandai che cosa potessi avere a che fare io con un commissario di pubblica sicurezza. *Una grave infrazione alla guida? Non passo mai col rosso. Non ricordo di avere imboccato strade a senso unico nella direzione sbagliata. Non ho mai investito nessuno. Mi fermo alle strisce. Le tasse? Rilascio sempre la fattura ai miei pazienti completa di bollo, anche quando loro non la chiedono.*

«Mi scuso per l'ora tarda, dottoressa, ho telefonato a casa e suo marito, gentilmente, mi ha dato questo numero. Forse sta ancora lavorando? Spero di non disturbare.»

«Non si preoccupi. Non disturba. Ho finito di lavorare. Mi dica commissario, a cosa devo la telefonata?»

«La chiamo per una questione urgente.»

«Urgente? Di che si tratta?»

«Si tratta di un incidente.»

«Un incidente?» di nuovo il mio pensiero andò ai miei pazienti. Immaginai il peggio. Pensai che Mariano, un diciottenne che avevo in terapia da qualche mese, fosse finito in coma per overdose, magari in mezzo a una strada. Sentii i brividi salirmi lungo la schiena. Non spacciava più a scuola come una volta, aveva fatto molti progressi nell'ultimo mese, ma non era ancora del tutto pulito. Anche se diceva di esserlo, io temevo le ricadute. I tossici sono imprevedibili. Tu pensi che siano fuori e loro di punto in bianco fanno un bel balzo all'indietro come nel gioco dell'oca. Qualche volta proprio per dimostrarti che la *tua* terapia non può sostituire la *loro* droga.

«Dottoressa Marras, è ancora lì?»

«Sì scusi… Che tipo di incidente, commissario?»

«Insolito. Abbiamo raccolto degli elementi, ma ne mancano ancora molti. La chiamo perché sull'agenda della vittima, il suo nome e il suo numero di telefono, dottoressa Marras, compaiono non solo nella rubrica ma anche nelle pagine interne, quelle degli appuntamenti, per intenderci.»

«Ah, certo, capisco» in realtà non ci stavo capendo nulla.

«Vede dottoressa, la persona a cui mi riferisco è stata aggredita da qualcuno che l'ha ridotta in fin di vita, si trova in stato di coma ricoverata all'ospedale, e noi stiamo controllando tutti i suoi contatti. Voglio dire io e l'appuntato che collabora nell'indagine. Alcuni nominativi, come il suo, sono ricorrenti.»

«In fin di vita?! Mi può dire chi è la persona ricoverata all'ospedale?»

Nella mia mente, uno dopo l'altro, continuavano a scorrere i nomi e i volti dei miei pazienti.

«Al momento non posso dirglielo, non al telefono, ma, se viene domani al commissariato le spiegherò a voce. Le chiedo troppo se le propongo di trovarci nel mio studio domani mattina alle undici?» Dal tono deciso capii che non era una domanda ma un'ingiunzione.

Provai un moto di irritazione. Non ero una sua sottoposta e lui non era certo nella posizione di darmi degli ordini. Perché non veniva lui da me? Il territorio non è una dimensione insignificante, indica rilievo, importanza, valore, peso personale. Andare *da* qualcuno è diverso da *ricevere* qualcuno a casa propria o in studio, tant'è che non è affatto indifferente per una squadra di calcio giocare in casa o nel campo avversario.

Riordinai rapidamente i miei pensieri e ipotizzai che se uno ha fatto carriera nella polizia, con tutto l'iter che comporta quel tipo di percorso, le abitudini, i regolamenti, le consuetudini rituali, i saluti a scatto con la mano alla visiera e lo sbattere dei tacchi, è facile che usi quel tono assertivo anche senza esserne consapevole. Se poi gli è capitato un padre autoritario, di poche e misurate parole, anche lui nella polizia, quel tono è non solo implicito ma anche accettabile.

Certo che mi chiedeva troppo. Per essere al commissariato alle undici avrei dovuto disdire i due appuntamenti della mattina, ed è sempre sgradevole rimandarli. Ci sono pazienti comprensivi, tolleranti, affezionati e altri che non la prendono affatto bene. Si sentono maltrattati, abbandonati e poi te la fanno pagare. La volta successiva sono loro a disdire l'incontro con Marisa, la mia segretaria, accampando una scusa qualunque, magari all'ultimo momento. Qualcuno, *offeso*, può anche interrompere di punto in bianco la terapia senza nemmeno una spiegazione. Senza nemmeno una telefonata alla segretaria. Quando succedono queste cose non le prendo mai bene, anche se poi, dopo un lungo respiro cerco di farmene una ragione.

Chiesi al commissario se avesse dei sospetti su qualcuno dei miei pazienti.

«Tranquilla, dottoressa» rispose enigmatico.

Gli assicurai che sarei stata da lui alle undici, come mi stava chiedendo. Non era necessario che mi ricordasse l'indirizzo perché sapevo dove si trovava il commissariato. Lo salutai con cortesia e misi giù il telefono.

Difficile negare un appuntamento a un ufficiale di polizia. E poi ormai volevo sapere che cosa era successo, chi era la persona aggredita in coma al pronto soccorso.

Passai di nuovo in rassegna i miei pazienti senza però trovare elementi per poter fare una ipotesi precisa.

Ormai era troppo tardi per riprendere l'ascolto della registrazione di Simona; la mia mente era come una spugna completamente impregnata da tutt'altra vicenda.

Riposi il registratore nel cassetto in basso della scrivania, mi infilai l'impermeabile, spensi tutte le luci, uscii dallo studio e chiusi la porta con due mandate. Avrei ripreso l'ascolto appena possibile. Il caso si prospettava complesso e Simona andava seguita passo passo.

Nell'aprire la porta di casa lanciai un saluto collettivo a marito e figlie. Mi rispose solo Lorenzo che era già in camera da letto. In cucina ingollai una grossa fetta di frittata di zucchine ancora tiepida, cucinata da Joy (la nostra colf filippina a ore che vorrebbe fare sempre pollo al curry e riso basmati, ma almeno la frittata alle zucchine l'ha imparata), un pezzo di caciotta con una fetta di pane casareccio e un kiwi che Lorenzo aveva lasciato già sbucciato e affettato sulla tavola del soggiorno ancora apparecchiata.

Andai poi dalle gemelle per dare loro la buonanotte. Parlottavano e ridacchiavano tra loro. Erano ognuna nel proprio letto con il loro peluche preferito ma non avevano ancora spento la luce. Le abbracciai e baciai entrambe sulla fronte e sul naso e, mentre rimboccavo le coperte, Elena se ne venne fuori con questa notizia: «Lo sai mamma che io posso pensare col cervello di Lu e Lu può pensare col mio?».

«E perché mai?» dissi fingendo stupore.

«Perché siamo gemelle!»

«Sì!» approvò applaudendo Luisa dal suo letto. «Se io penso che voglio correre anche lei lo pensa. Elena pensa che vuole un gelato e io anche.»

«Sono coincidenze, può succedere, capita spesso quando si vive insieme, ma ciò non significa che tu pensi col cervello di tua sorella» obiettai.

«Però a noi succede *tantissime* volte!» replicò Lu.

Dovrò prestare attenzione a questa cosa. I gemelli fanno queste confusioni ma devono crescere indipendenti, abituarsi a pensare ognuno con la propria testa. Non saranno sempre insieme e ciascuno, crescendo, dovrà sviluppare una propria personalità.

«Ora si dorme. È tardi» dissi con un tono che non ammetteva repliche, e spensi la luce.

Loro però continuarono a ridacchiare e a parlottare come se niente fosse. E nell'uscire dalla stanza sentii che si accordavano su che cosa sognare:

«Possiamo sognare che saliamo su un'astronave e andiamo tutte e due su Marte» proponeva Luisa.

«E spariamo a tutti quelli che cercano di fermarci» aggiungeva Elena eccitata.

«Io sto alla guida e tu dietro» disse Luisa con tono imperioso.

«Alla guida ci stiamo tutte e due» rispose Elena con lo stesso tono.

Sostai qualche attimo in corridoio per accertarmi che si decidessero a dormire. Ebbi così modo di sentire un'ultima frase seguita dalle loro risatine beffarde: «Mamma fa la psicoterapeuta ma non sa che c'è la telepatia!».

Per chi non lo sapesse, i gemelli sono un'associazione a delinquere. Tu credi di ingraziartene uno e allontanare l'altro e invece loro hanno già un piano per estromettere te dal loro rapporto esclusivo.

Tornai in cucina e mi preparai una tisana alla verbena, poi con la tazza fumante tra le mani mi diressi in camera. Lorenzo era seduto sul letto con due grossi cuscini dietro la schiena e il computer sulle ginocchia.

«Molto lavoro? Hai fatto tardi...» e alzando lo sguardo «Tutto okay?»

«Più o meno...»

«Rogne con la polizia?»

«Lo scoprirò domani. Sono stata ufficialmente convocata al commissariato. C'è una persona in ospedale, ma non so chi sia. Un'aggressione pare...»

«Davvero?» Lorenzo sgranò gli occhi fingendosi più preoccupato di quanto in realtà non fosse.

«Spero non sia un paziente.»

«Speriamo» rispose fissandomi per alcuni secondi. Poi riprese a zampettare sulla tastiera senza aggiungere altro o chiedermi di più.

Mi sedetti sul letto, dalla mia parte. Gli sfiorai una guancia con le dita e incominciai a sorseggiare la tisana. Anche se bollente, il calore che dalla gola scendeva nello stomaco era confortante e speravo potesse allontanare i pensieri di quella lunga giornata.

Quando finalmente mi infilai sotto le lenzuola, lo feci decisa a non pensare alla telefonata del commissario e mi predisposi al sonno assumendo la postura numero tre del training autogeno di Schultz (quella supina con la testa sul guanciale, le mani posate con il palmo sul materasso, gli arti inferiori divaricati).

Una notizia di quel tipo però non capita tutti i giorni e il sonno, nonostante la postura, stentava ad arrivare. Allora mi avvicinai a Lorenzo, strofinando la mia gamba contro la sua. Lui spense il computer, lo posò a terra accanto al letto, si fece largo sotto le lenzuola e ci abbracciammo.

«Siamo alla ricerca di coccole?» mi sussurrò nell'orecchio.

Il bello di mio marito è che non si tira mai indietro.

3

L'interrogatorio

Giunsi al commissariato trafelata ma con un quarto d'ora d'anticipo. Il traffico è convulso in città e dopo aver perso per due volte il treno e relativi appuntamenti, temo sempre di arrivare in ritardo.

In guardiola c'era un poliziotto anziano a cui consegnai la carta d'identità. Lui se la rigirò tra le mani esaminandola con attenzione.

«Vanda Marras, nata a Cagliari, il 14/10/1979. Coniugata, di professione psicoterapeuta. Altezza: 1,69, capelli rossi, occhi chiari» segnò con cura i miei dati su un registro e me la restituì. Poi con un cenno del capo mi indicò la sala d'attesa, o meglio, una fila di sedie di metallo nell'androne.

Ci tengo a precisare che più che rossi *tout court* i miei capelli sono di un luminoso castano ramato e mossi come quelli di Elena, la gemella che più mi assomiglia fisicamente. Anche il colore degli occhi non è chiaro *tout court*, ma di un azzurro intenso come di quelli di Luisa, l'altra gemella. E per quanto riguarda l'età, a ottobre compirò quarant'anni, ma me ne sento trenta.

L'unico posto libero era tra un trans molto vistoso dai capelli viola fucsia e gli auricolari nelle orecchie che, ondeggiando a ritmo di una musica, aspettava di ritirare il permesso di soggiorno, e un incazzatissimo automobilista a cui avevano rubato il portafoglio con la patente e cinquecento euro «pulite, pulite, appena ritirate dal bancomat».

Alle undici e trenta in punto il poliziotto si affacciò dalla guardiola: «Mi segua signora, prego» e mi scortò lungo un corridoio stretto e poco illuminato fino all'ufficio del commissario.

Cigoli si alzò di scatto dalla sua poltrona ergonomica a cinque ruote per venirmi incontro. Mi squadrò da capo a piedi con un sorriso compiaciuto. Dopotutto per la mia età mi mantengo piuttosto bene. A parte i capelli e gli occhi che sono i miei pezzi forti ho un fisico di tutto rispetto: tonico, snello, curve giuste nei punti canonici e, grazie anche alla frequentazione regolare della palestra sotto casa, un paio di gambe che gli uomini apprezzano. Abbozzò un inchino, mi strinse la mano tenendola a conchiglia tra le sue, poi mi indicò una delle due poltroncine di plastica di fronte alla scrivania.

Non ci si poteva aspettare niente di meglio nell'ufficio di un poliziotto. La pelle bordeaux che ricopriva il piano dello scrittoio era consumata in diversi punti. *Andrebbe sostituita*, pensai. Dietro alla poltrona su cui si accomodò, dopo che mi fui seduta davanti a lui, campeggiavano una larga bandiera tricolore, ben stirata e dai colori brillanti, e un ritratto del Presidente della Repubblica.

Alle altre pareti c'erano quattro schedari e un divano Ikea a tre posti dall'aspetto a dir poco fragile. Di fronte, un tavolino basso ovoidale col piano in vetro brunito su cui era poggiato un posacenere pieno di mozziconi. In terra un tappeto grigio con delle lunghe frange arruffate e nell'angolo un pallone da calcio. Quello che colpì la mia attenzione fu però il vaso di vetro trasparente a collo alto in cui erano infilate tre rose gialle che si trovava nel vano della finestra. *Interessante... Ecco un amante dei fiori. Se li procura lui o glieli regalano?*

Età ipotizzata cinquanta. Altezza un po' più della media dei commissari di polizia che si vedono in TV. Pancia piatta e fisico asciutto. Calvizie incipiente. Baffi sobri a pennetta. Insomma, un commissario della pubblica sicurezza per niente banale, che aveva poco in comune con lo stereotipo del siciliano basso e tondetto dei serial televisivi, a eccezione dello sguardo penetrante. Un tratto comune, pare, a coloro che indagano sui crimini.

Un mio professore, analista junghiano, aveva in dote lo stesso sguardo fermo e inquisitore. Riusciva a fissare a lungo il suo interlocutore senza mai un battito di ciglia. Ciò faceva di lui un tipo determinato e autorevole, a tratti ipnotico. E infatti, come serpenti di fronte a un suonatore di flauto, molte studentesse restavano ammaliate da quello sguardo puntato su di loro durante gli esami, fino a innamorarsi perdutamente di lui. «Ti scandaglia l'anima» era stata l'espressione di una studentessa ancora in stato di trance dopo aver preso trenta e lode, che aveva fatto il giro dell'università.

Ecco un suo pregio che, insieme ai baffi alla Jude Law, gli ha fatto fare carriera. Un altro pregio, sicuramente, è la frequentazione trisettimanale di una palestra.

E poiché mi osservava in silenzio, dal viso alla scollatura passando per il collo, dissi: «Belle le rose» ansiosa di rompere il ghiaccio, ma anche di poter conoscere finalmente l'identità della persona che era stata aggredita.

«Sono del genere fresia, dottoressa. Sono belle gonfie, dei boccioli composti da tanti petali leggeri, come vede. Sono resistenti e anche profumate, un profumo delicato e durevole» rispose lisciandosi un baffo con un dito. Si alzò, ne sfilò una dal vaso, asciugò il gambo con due dita e me la porse.

Sorpresa per l'omaggio avvicinai la corolla alle narici e ringraziai con un sorriso.

Poi tornando a fissarmi con i suoi occhi profondi ruppe finalmente gli indugi: «Cara dottoressa Marras, l'ho disturbata, e mi scuso ancora, ma ho bisogno della sua collaborazione».

Come al telefono anche dal vivo la voce del commissario era baritonale e avvolgente. *Davvero un tipo interessante. Con un suo fascino.*

Da un cassetto tirò fuori una agenda foderata di tela rossa che posò aperta sulla scrivania. Sulla pagina *memento* lessi, scritto in stampatello a matita, Margherita Damiani.

Reagii con un singulto e istintivamente allungai una mano verso l'agenda. Lui la bloccò posandovi sopra la sua. «La conosce?»

Nello sfilare la mia mano dalla sua notai che aveva delle unghie curate e l'anulare più lungo del dito indice. Un tipico tratto maschile che corrisponderebbe a una maggiore produzione di testosterone. E, infatti, nelle mie mani gli anulari sono più corti degli indici, come si conviene a una persona di sesso femminile e al suo diverso bagaglio ormonale. In quel momento trovai questa differenza intrigante, non so perché, dato che potrebbe essere una panzana come tante altre.

«Certo che la conosco! È lei la persona che è stata aggredita?»

«Sì, è lei.»

Fui travolta da un senso di disagio. Avvertii la nausea salirmi dal fondo dello stomaco, e poiché lui si stava accorgendo del mio turbamento cercai di darmi un contegno. Raddrizzai collo e spalle e assunsi una postura sicura.

«Mi dispiace» disse fingendosi mortificato. «Siete amiche?»

Assentii con il capo e feci un respiro. «Ma che cosa le è successo, l'ho sentita qualche giorno fa...»

«Al telefono?»

«Sì, al telefono.»

«Vi sentivate spesso?»

«Di tanto in tanto, per lavoro. Ma che cosa le è successo?» chiesi di nuovo.

«Qualcuno l'ha aggredita nel suo studio... il movente è ancora sconosciuto.»

«E adesso come sta?»

«È in stato di coma. La prognosi è riservata. Spero che si riprenda.»

Vedendomi preoccupata posò nuovamente una mano sopra la mia come per rincuorarmi.

«Per quale motivo vi siete sentite l'ultima volta? Scusi l'invadenza ma sono costretto a farle delle domande un po' indiscrete» e così dicendo si inclinò in avanti come per invogliarmi a parlare.

Mi sentivo confusa, addolorata, ma mi sforzai di ricordare. «Mi ha parlato di un paziente... forse... che voleva inviarmi.»

«Che tipo di paziente?»

«Un paziente giovane, mi pare di ricordare... che non ho ancora incontrato, un ragazzo, credo.»

Mi stupii di aver subito spiattellato quella informazione che non ero tenuta a dare. *Siamo tutti vittime del contesto. Non sono qui nella veste dell'imputata. Okay sono emozionata*, mi dissi, *ma non devo perdere l'autocontrollo.*

In realtà quel ragazzo di sedici anni l'avevo già incontrato, però non era proprio il caso di parlare dei miei pazienti a un commissario di polizia. Così, visto che mi ero lasciata sfuggire quell'informazione, gli raccontai una mezza verità costruita lì per lì.

«Che cosa le disse in quella telefonata?»

«Non molto... Che il ragazzo aveva dei problemi con i suoi

genitori… di fargli un esame di personalità. Un esame completo, questo chiese, ma nulla più… la solita routine.»

«Nulla più?» mi guardò dubbioso.

«Un ragazzo, sì. Un adolescente. Non chiedo mai molto all'inizio per non lasciarmi influenzare» sospirai.

«La ginecologa invia alla psicoterapeuta un adolescente? Un maschio… non è un po' strano?» chiese dubbioso.

Mi resi conto che poteva sembrare un po' insolito, anche se per me non lo era affatto. La mia risposta fu un sorriso di circostanza.

Lui però tornò alla carica: «Per quale motivo la dottoressa Damiani le ha inviato un ragazzo? Un minorenne per giunta… Si tratta forse di un giovane padre in attesa, o cos'altro?». Il tono della voce intendeva essere conciliante eppure lo sguardo tradiva il sospetto.

«Tutto è possibile» tagliai corto. Il fatto che fosse amante delle rose non lo autorizzava a pormi tutte quelle domande in un momento simile, quasi fossi io l'aggressore.

Lui però non si diede per vinto: «E quando verrà questo ragazzo da lei?».

«La prossima settimana. Non so. Dovrei controllare.»

«Controllare dove?»

«Gli appuntamenti li dà la mia segretaria, sulla base dei miei impegni. Non ho mai con me il quadro completo dell'agenda. Comunque, anche se lo vedrò nei prossimi giorni non potrò dirle granché, chi fa il mio mestiere è tenuto al segreto professionale. Come lei, d'altronde, commissario» conclusi esibendo la sicurezza di chi sa di essere nel giusto.

«Le ricordo, cara dottoressa Marras, che qui c'è una donna che è tra la vita e la morte, più morta che viva, e i medici non sono per nulla ottimisti.»

Quel suo sguardo penetrante mi metteva a disagio. Sapeva di poter far colpo sulle donne e sfruttava questa sua dote. *Chissà se guarda gli uomini con la stessa intensità. Non credo, non mi sembra proprio il tipo.*

Dopo una pausa durante la quale spensi il telefonino che aveva incominciato a gracchiare, lui riprese il discorso.

«Una brava collega, ha detto.»

Non l'avevo detto, ma feci cenno di sì con il capo.

«A maggior ragione, dottoressa, deve darci una mano per risolvere questo caso. Bisogna trovare chi l'ha ridotta in quello stato. È d'accordo?»

Assentii, per la seconda volta. Certo che gli avrei dato una mano. E come avrei potuto non darla con Margherita in quelle condizioni! Dovevo calmarmi, però. Respirai profondamente. Portai di nuovo la rosa alle narici e mi imposi di guardare a tutta quella vicenda con un occhio esterno, per il bene della mia amica. Non potevo abbandonarmi alle emozioni. E certamente non davanti a un commissario di polizia, sospettoso e alla ricerca di un colpevole. Se avessi voluto aiutare Margherita avrei dovuto sforzarmi di essere lucida. Nel mio mestiere bisogna anche saper indossare la maschera della professionalità.

«Dunque lavorate in tandem, lei e la dottoressa Damiani...»

«Qualche volta.» Seguendo i consigli di Johannes Schultz, l'inventore del training autogeno, tirai un profondo e prolungato respiro. Ero pronta, adesso, a rispondere alle sue domande. Se doveva essere un terzo grado che lo fosse!

«E come mai questo sodalizio?»

Indugiai qualche istante, poi guardandolo gli risposi: «Siamo state compagne d'università per un biennio, poi le nostre strade si sono divise, lei si è specializzata in ginecologia e io in psicoterapia».

«E dopo avete sempre lavorato insieme» insistette.

«Non sempre, come le ho detto. Qualche volta. Lei mi inviava delle pazienti...»

«Anche dei pazienti» mi interruppe.

«Certamente, di entrambi i sessi quando era necessario. Ci sono i mariti, i compagni, i donatori. Ma le donne sono sempre state più numerose degli uomini.»

«Continui, la prego.» Come due sentinelle i suoi occhi mi tenevano sotto osservazione.

«Stavo dicendo che mi inviava delle pazienti quando aveva bisogno di ampliare il quadro clinico» e siccome alla radice del naso gli si formò una ruga, come per dire "che cosa significa ampliare il quadro clinico", specificai: «Quando aveva bisogno di approfondire aspetti della personalità di una paziente oppure perché la paziente era stressata».

«La ginecologa che si rivolge alla psicoterapeuta...» commentò con una punta di incredulità nella voce.

«Già» risposi senza lasciarmi intimidire. «Quello della ginecologa è un lavoro delicato e complesso. Si entra nell'intimità delle persone.»

Cigoli sorrise sotto i baffi.

Ed ecco emergere il maschio stronzo, che non riesce a spingersi al di là del suo pene.

«Voglio dire intimità fisica *e* psicologica» sospirai. «La paziente che se ne sta sul lettino con le gambe spalancate affida alla donna che le sta di fronte con un divaricatore in mano ciò che ha di più intimo, di più nascosto, di più segreto e la ginecologa deve possedere la delicatezza, la sensibilità, il tatto necessario per non farla sentire a disagio. La ginecologa deve essere anche psicologa.»

«Capisco, ma allora perché le pazienti venivano anche da lei?»

Siccome gli sorrisi senza rispondergli cambiò argomento: «Mi dicono che la dottoressa Damiani faceva delle fecondazioni assistite nello studio, è così?».

«Era una delle cose che faceva più di frequente. Era brava. Conosceva tutte le tecniche. Lo faceva da molto tempo e aveva un ottimo approccio.» Mi accorsi di parlare al passato, il che mi lasciò perplessa. Non ebbi però il tempo per darmi una spiegazione, perché il commissario continuava a incalzarmi.

«Quindi in studio andavano anche dei donatori. Dico bene dottoressa?»

«Dice bene, per le fecondazioni eterologhe servono dei donatori.»

Sorrise soddisfatto. Lo stesso sorriso soddisfatto di chi fa centro al gioco delle freccette.

«E lei, dottoressa Marras, che ruolo aveva in tutto questo?»

«Non un ruolo specifico, ma più ruoli.»

«Per esempio?»

«Per esempio, poteva capitare che il marito non fosse d'accordo o convinto solo a metà, oppure che l'aspirante mamma fosse ancora incerta se seguire quella procedura o rivolgersi all'adozione. Non sempre la fecondazione va in porto al primo tentativo. Si può provare più volte senza successo, il che è demoralizzante.»

«E lei deve aiutare queste donne a riprendersi.»

«Sì, cerco di restituire loro la fiducia.»

Mi fissò dritto in volto per qualche secondo, come se mi stesse studiando. Cercava di mettere a fuoco la mia personalità. «Già...» disse poi pensoso lisciandosi un baffo «ci sono anche questi risvolti.»

«In alcuni casi incontro loro, da sole.» Proseguii: «in altri casi incontro anche il marito o il compagno... o la compagna».

«La compagna?»

«Sì, certo. Coppie di donne che cercano di avere un figlio ce ne sono, e sono in aumento.»

«Già» ripeté come a prendere atto di una realtà ineluttabile. «Mi scusi se insisto, ma è importante sapere che tipo di persone frequenta i vostri studi. L'aggressore della dottoressa potrebbe essere un uomo. Anzi, per la violenza con cui è stata colpita e per il danno che è riuscito a fare fracassandole la faccia, le probabilità che si tratti di un uomo sono molto elevate.»

Ero basita. «Fracassandole la faccia?!» ripetei.

Lo guardai in attesa di qualche dettaglio in più, ma non arrivarono altre spiegazioni. Passò invece a una nuova domanda: «Ricorda il nome di quell'ultimo paziente che le ha inviato la dottoressa? Voglio dire il sedicenne...».

Ricordavo il nome, Camillo, perché non è comune, ma non ritenni di doverglielo dire. Stava giocando al gatto e al topo, così scossi la testa in segno di diniego.

«Ancora una domanda, abbia pazienza. La dottoressa faceva anche quegli altri interventi?»

Lo guardai con aria interrogativa.

«Voglio dire quelli in cui è una donna la donatrice.»

«Donatrice di ovociti, intende?»

«Sì, quello.»

Compresi che, come molti uomini, anche Cigoli aveva qualche difficoltà nel nominare le parti intime del corpo femminile. Sebbene la stessa difficoltà a volte ce l'abbiano anche le donne. Margherita mi aveva spiegato che ancora oggi ci sono delle donne, per lo più anziane ma non solo, che durante la visita invece di dire clitoride, parola che possono aver sentito ma che non sanno come pronunciare, dicono "giù in basso". Altre che non riuscendo a formulare in modo disinvolto il termine utero preferiscono usare quello generico e omnicomprensivo di "pancia". Vagina e pene possono fare arrossire violentemente alcune donne come se fossero state colte in fallo. *Cazzo*, invece, un intercalare frequente nel linguaggio di mariti e figli maschi, può suscitare riprovazione per la sua volgarità, ma non rossori né altri imbarazzi femminili.

«No, non era specializzata in questo tipo di intervento» risposi «si tratta di una tecnica che richiede l'anestesia totale della donatrice. Per questo tipo di procedura inviava le pazienti a un collega che lavora in una clinica dove ci sono tutti gli strumenti e le accortezze necessarie.»

Era solo una mezza verità. In realtà anni addietro Margherita aveva avuto una donatrice di ovuli, robusta, volenterosa e in ottima salute, di cui però si era dovuta liberare perché Natalina, questo era il nome con cui voleva essere chiamata, era entrata nel ruolo a tal punto da esigere di partecipare alle ecografie del nascituro, essere presente al parto, assistere la puerpera durante l'allattamento e diventare "di diritto" la madrina di battesimo del neonato. Le piaceva essere chiamata zia dalle mamme, andare al parco con loro e partecipare ai compleanni dei "suoi" bambini. Pretese eccessive per Margherita e anche per le neomamme che, se in un primo tempo erano riconoscenti a Natalina e la ricoprivano di regali, dopo un po' cominciavano a dare segni di insofferenza.

E prima che potesse pormi altre domande provai di nuovo a chiedere: «Ma che cosa è successo alla dottoressa Damiani?». Volevo conoscere i dettagli. Dopo avergli dato tutte quelle informazioni lo consideravo un mio diritto.

Esitò prima di rispondere. Capii che avrebbe voluto che gli rispondessi sul ragazzo, su cui io invece intendevo sorvolare.

Decise però di non insistere e di rispondere alla mia richiesta, sia pure tenendosi sul vago:

«La dinamica non è ancora del tutto chiara. C'è di mezzo una grossa pietra tagliente su cui la dottoressa potrebbe essere caduta o che qualcuno potrebbe averle lanciato in faccia, magari dopo una colluttazione. Ha un taglio in pieno viso, fronte, naso, bocca».

Cercai di immaginare la scena, senza riuscirci. Margherita era una donna robusta, capace di difendersi. Ricordo che negli anni dell'università frequentava una palestra di arti marziali dove con profitto seguiva un corso di karate. Difficile immaginarla vittima tra le grinfie di un aggressore, sia di sesso femminile che di sesso maschile. D'accordo che in media i maschi sono più forti fisicamente, ma non era il tipo da lasciarsi avvicinare da chiunque. Aveva un punto debole però, la passione per i tacchi a spillo. Cambiava spesso colore e modello di scarpe ma, a parte quelle da ginnastica che metteva per correre nelle domeniche di bel tempo e le sneakers per le arti marziali, le sue calzature erano tutte quante con tacchi alti.

Una passione che io le avevo rimproverato più di una volta per tre motivi. Prima di tutto perché col tempo i polpacci si sviluppano in maniera eccessiva, muscolosa e antiestetica. In secondo luogo, perché si rischia di infilare i tacchi malamente nelle buche del selciato, nelle rotaie del tram e nelle griglie di areazione di cui le città sono piene, Roma in particolare. Infine, perché basta un attimo di disattenzione per franare in terra e slogarsi una caviglia, o anche peggio.

Per lei però, che aveva un fisico robusto e delle caviglie solide, quei trampoli erano un simbolo della sua femminilità. Un lato sexy a cui non intendeva assolutamente rinunciare.

I tacchi a spillo sono per gli uomini un forte richiamo sessuale così come lo sono per i transgender e i *queer*. Il fondo schiena ondeggia, i polpacci sporgono, le gambe si allungano, le natiche si protendono, e in quello stiletto sotto il tacco molti uomini colgono un'allusione esplicita all'organo maschile. Alla penetrazione *tout court*. Alcuni in chiave sadica altri in chiave masochista. Altri per l'inconscio compiacimento che prova un uomo nel vedere una donna che si sottopone a quella tortura per essere più attraente *per lui*. Anche se poi molte donne indossano scarpe con i tacchi a spillo non tanto per gli uomini quanto perché attratte, loro stesse, da quell'oggetto del desiderio che le rende più alte, più sexy, più soddisfatte di sé.

Un'altra peculiarità era quel grosso agglomerato di sienite appuntito e tagliente che Margherita teneva come fermaporta nel suo studio. Le tre o quattro volte che ero capitata in quella stanza, per sottopormi anch'io a una visita ginecologica, le avevo suggerito di eliminarlo o almeno di farlo smussare. «È un'arma impropria» le avevo spiegato, scherzando ma non troppo.

Margherita aveva ribattuto che nella sua famiglia quel minerale era stato tramandato di generazione in generazione, di donna in donna fino a lei, e che proprio a quegli spunzoni taglienti era stato attribuito un forte potere.

«Credo che una bisnonna l'abbia usato come arma impropria, come dici tu, e con successo» aveva precisato con un sorriso compiaciuto. Il che mi aveva fatto pensare che lei lo tenesse in studio non solo come decorazione, ferma porta o come ricordo transgenerazionale, ma anche come arma di difesa semmai si fosse presentata l'occasione.

«Aveva i tacchi a spillo quando è stata aggredita?» gli domandai a bruciapelo dopo che mi ebbe riferito del viso deturpato di Margherita.

Parve stupito dalla singolarità della domanda. Poi con tono professionale disse: «Verificheremo».

«Quando è accaduto?»

«Due giorni fa, intorno alle venti. Più o meno. Immagino che lei abbia un alibi, dottoressa Marras.» Mi lanciò un'occhiata allusiva.

Gli risposi con lo stesso tipo di occhiata.

«Si tranquillizzi, non è tra i sospettati. Lei però, come psicoterapeuta, può darci una mano nelle indagini. Anzi, *deve* darci una mano.»

«Certamente, se possibile, ma non al di là della privacy che sono tenuta a rispettare.»

Portai la rosa al naso e ne aspirai il profumo.

«Qui però, come le ho detto, c'è una persona in coma con un grosso ematoma cerebrale» il tono di voce era compassato mentre l'espressione degli occhi intransigente.

Ci scrutammo di nuovo per qualche istante. Lui studiava me e io studiavo lui.

È intelligente… chissà come mi sta inquadrando, chissà come mi vede e come mi valuta.

So per esperienza che se qualcuno riesce a inquadrare immediatamente una persona mettendone a nudo il cuore e il cervello come sotto un apparecchio a raggi X, moltissimi altri prendono invece delle cantonate spaventose. Era una cosa che ripeteva spesso a lezione il mio professore junghiano che, oltre a un innato magnetismo, aveva anche una conoscenza approfondita dell'animo umano. Quelli che prendono le cantonate, spiegava, non puntano al cuore e al cervello, ma si fermano ai fronzoli. Lui, il professore, che era un po' snob, diceva *frills*, in inglese. Un taglio di capelli può avere la meglio su uno sguardo. Un'espressione severa studiata per impressionare l'interlocutore può nascondere una timidezza. Una mimica compassionevole può essere il frutto di una recita. Per non parlare del fascino di una fuoriserie, di un Rolex, di un abito casual ideato da uno stilista di successo. Lo psicologo non può accontentarsi di ciò che vede: deve andare oltre le apparenze, spingersi al di là delle mode, scoprire che cosa c'è dietro le quinte di quello spettacolo che ognuno di noi mette in scena.

«Ho avuto un breve contatto telefonico con l'infermiera della Damiani. La conosce?»

«Sì, so chi è. È la signora che prende gli appuntamenti, passa le telefonate alla dottoressa e accompagna le clienti nella stanza delle visite. Si chiama Olga Belotti. Ha un doppio ruolo, di segretaria e di infermiera. Ha però più contatti con la mia segretaria che con me.»

«Dice che quel giorno ha staccato alle diciotto mentre in studio arrivava un rappresentante di apparecchi sanitari.»

Non avendo informazioni in proposito mi limitai a tacere.

«L'infermiera avrà certo molte cose da dirci. La interrogherò domani e ci terrei che lei fosse presente.»

«Presente all'interrogatorio dell'infermiera? E con quale giustificazione?»

«Nessuna giustificazione. Soltanto la sua competenza di terapeuta. Ovviamente non sarà con noi nella stessa stanza, ma dietro a uno specchio a due vie. Lei dottoressa Marras potrà vederci, mentre io e l'infermiera non la vedremo. Potrà ascoltare il colloquio senza intervenire. Conosce questa procedura?»

«Certo che la conosco» risposi «la utilizzano anche gli psicoterapeuti nei corsi di formazione e nelle terapie familiari, per osservare, non visti, le reazioni dei pazienti tra di loro. Io però non la uso né con i tirocinanti né con i pazienti.»

«E perché mai? È utilissima. È un procedimento impiegato in tutto il mondo.»

«Non mi piace spiare le persone, preferisco guardarle in faccia, ad armi pari.»

«Tante cose non piacciono, ma vanno fatte» tagliò corto il commissario. Poi si lisciò i baffi alla Jude Law, si alzò in piedi e con tono professionale mi convocò per il pomeriggio successivo alle diciotto e trenta.

Con in mano la rosa di cui mi aveva fatto omaggio mi diressi verso l'uscita. Sollecito e garbato mi accompagnò alla porta, l'aprì, mi diede il passo e mi scortò lungo il corridoio fino all'androne.

Nell'accomiatarsi ci tenne a precisare: «Anche Freud non guardava in faccia i suoi pazienti, li faceva stendere sul lettino e si metteva alle loro spalle con un taccuino in mano, non è così dottoressa?».

«È così, ma ci sono molti modi di relazionarsi con i pazienti e non tutti gli psicoterapeuti utilizzano il lettino di Freud.»

Nel congedarmi gli porsi la mano. Lui la sollevò e con delicatezza se la portò a mezzo centimetro dalle labbra. Percepii il suo fiato caldo sulle nocche e per un attimo avvertii un brivido, non saprei se fosse più di stupore o di piacere. Ne fui comunque lusingata.

Non capita mai tra colleghi di congedarsi in un modo così rispettoso e galante, capita invece, guarda un po', con i commissari della pubblica sicurezza.

Seduta sulla Cinquecento, prima di mettere in moto, affondai il naso nella rosa e ne aspirai profondamente la fragranza. Probabilmente sarei arrivata in ritardo per la mia prossima seduta, ma invece di buttarmi a capofitto nel traffico, all'altezza del lungotevere Tor di Nona mi fermai per godermi la vista di Castel Sant'Angelo che, in pieno sole, brillava di un rosso dorato assolutamente impareggiabile.

Furono sufficienti pochi minuti di "grande bellezza" per scaricare la tensione accumulata durante l'interrogatorio.

4

Vecchie amiche

Dopo aver fatto un percorso di studi insieme io e Margherita ci siamo ritrovate per caso tempo dopo, ognuna con la propria professione, ed è stato allora che abbiamo scoperto di poter lavorare in tandem. Lei aveva bisogno di una psicoterapeuta per quelle pazienti che andavano in crisi o non sapevano che scelta fare. Io, incuriosita dall'aumentare dei casi di infertilità, ero pronta a intraprendere nuove strade.

A parte la peculiarità dei tacchi a spillo, su cui camminava ondulando e incespicando abbastanza spesso, Margherita aveva tutte le qualità per svolgere egregiamente il suo lavoro. Competente. Decisa. Comprensiva. Pragmatica. Comunicativa. Sempre di buon umore con le pazienti. E per quanto riguarda la fecondazione assistita è stata una precorritrice.

Quando in Italia non c'era ancora una legge che la regolasse, la realizzava già nel suo studio, sotto la guida di un collega anziano molto aggiornato su cure e tecniche di intervento. Lei che non aveva figli e non cercava di averne, svolgeva questa attività per aiutare tutte quelle donne che, per un motivo o per un altro, non riuscivano a concepire.

Se era la donna ad avere dei problemi, Margherita prescriveva farmaci per la stimolazione dei follicoli e periodi di riposo, ma se era l'uomo che aveva spermatozoi poco mobili o a forma di una minacciosa falce, consigliava l'adozione oppure il contributo di un donatore. Ne aveva sempre a portata di mano due o tre: giovani, di bell'aspetto e in ottima salute, sia per accontentare le coppie sterili che aspiravano a diventare genitori attraverso la gravidanza, sia per avere una piccola riserva di "stalloni sicuri" – come diceva lei ridendo – che con il loro sperma ricco e abbondante potessero centrare l'obiettivo ai primi tentativi. E per non mettere in circolazione troppi fratelli e sorelle accomunati dallo stesso patrimonio genetico, cercava di rinnovarli ogni sei mesi, massimo un anno.

Cercava anche di non sbagliare sul colore degli occhi, sapendo che da due genitori con gli occhi chiari non può nascere un bambino con gli occhi scuri mentre è possibile l'inverso. Per quanto riguarda la carnagione e il tipo di capelli (lisci, mossi crespi, afro...) il rigore necessario è inferiore, a meno che non si tratti di etnie diverse.

Era un lavoro che portava avanti con entusiasmo e partecipazione, in cui si immedesimava e di cui si sentiva profondamente responsabile.

«Bisogna stare attenti» mi aveva confidato una volta «perché se ti monti la testa, questo lavoro ti può far sentire un padre eterno.»

E poiché io, in quel momento distratta dagli aspetti tecnici della questione, avevo mostrato di non cogliere pienamente la portata di quel concetto, lei lo aveva sviluppato scandendo bene le parole: «Sei tu che dai la vita, sei tu che mescoli il DNA di due estranei, sei tu che decidi gli abbinamenti, che scegli il donatore, che selezioni i tratti che daranno forma al nuovo essere vivente. Tratti che il destinatario porterà con sé, dentro e fuori, per tutta la vita. E tutti, tutti quanti, in quel momento dipendono dalle tue decisioni».

Apprezzavo la sua lucida franchezza. Apprezzavo il suo carattere aperto e diretto. Apprezzavo anche il suo senso dell'umorismo. Tant'è che avremmo anche potuto convivere *more uxorio* se fossimo state lesbiche, ma per quanto ci intendessimo sul piano psicologico la nostra bussola sessuale puntava dritto al genere maschile.

Io ho sposato Lorenzo, un avvocato tributarista, con cui ho messo al mondo due gemelle a dir poco impegnative e superato i fatidici sette anni. Lei invece incontrò Egisto, un commercialista che definì subito e affrettatamente l'uomo della sua vita. Era alla ricerca di una situazione stabile e non stette ad approfondire. Si lasciò sedurre dal suo aspetto bonario, dal reddito elevato e anche dal fatto, non indifferente, che Egisto le teneva la contabilità dello studio. Per un po' tutto filò liscio. Le difficoltà affiorarono dopo aver superato da poco la boa del primo anno di convivenza.

Sotto il look bonario c'era un uomo che si inalberava facilmente. Piccole cose, dettagli irrilevanti come una pietanza bruciacchiata, un buco in un calzino o un bottone ciondolante, potevano metterlo di pessimo umore. Pur non dichiarandolo apertamente – perché pretendere di avere una moglie casalinga non è più in linea con i tempi – Egisto si aspettava di essere accudito nelle esigenze personali, come avevano fatto sua madre e sua zia, e le abitudini acquisite nell'infanzia sono dure a morire.

Ma siccome Margherita non era per nulla una donna di casa, lui covava nei suoi confronti dei risentimenti sordi e cupi che lo facevano infuriare. Risentimenti repressi ma per questo non meno virulenti. Di punto in bianco, senza alcun preavviso, la sua mitezza si trasformava in urla, insulti e minacce. Diventava paonazzo, il suo viso si trasfigurava. Un paio di volte, mentre lei cercava di calmarlo, l'aveva schiaffeggiata. Tipico caso di sdoppiamento della personalità, Dottor Jekyll e mister Hyde per intenderci. Tempo un'ora e si pentiva, singhiozzava come un bambino, invocava il perdono e giurava che non l'avrebbe fatto mai più.

Per un po' Margherita aveva minimizzato. La sua fiducia nella natura umana la portava a pensare che accanto a lei Egisto sarebbe cambiato.

«È il lavoro che lo stressa, il rapporto complicato con i clienti, con la burocrazia massacrante che abbiamo in questo Paese, con le intricate norme fiscali che vengono modificate in continuazione» lo aveva giustificato. «Quando torna a casa la sera, dopo aver incontrato clienti di tutti i tipi, riempito moduli assurdi, valutato polizze, partite IVA, aver fatto consulenze e compilato astruse dichiarazioni dei redditi è come una molla carica. Purtroppo ci sono solo io ed è su di me che si scarica. Ma non è cattivo. Sa anche essere tenero e gentile. Per quanto riguarda il sesso non posso lamentarmi. E poi mi tiene tutta la contabilità, un casino a cui non saprei mettere mano.»

Le avevo spiegato come fosse tipico di certi uomini ondeggiare tra tenerezze e botte, tra richieste di perdono e insulti, tra sesso e sopraffazione. «Attenzione alle lacrime di coccodrillo» le ripetevo. Molte delle donne uccise dai loro uomini erano sicure di poterli redimere. Alcune poi confondevano la violenza con il sesso. L'amore con il possesso. La sottomissione con la bontà.

Margherita, un po' allarmata dalle mie parole e ancora di più dalla frequenza dei femminicidi, aveva convinto Egisto a fissare un paio di appuntamenti con me.

Fu lui a telefonare a Marisa, la mia segretaria, mostrandosi ben disposto.

Al nostro primo incontro dichiarò, col tono baldanzoso di chi cerca di apparire disinvolto e refrattario alla psicoterapia: «Mi manda Margherita per rafforzare il nostro matrimonio, anche se io non ne vedo la ragione».

In realtà non erano sposati, ma quella era la sua aspirazione. Voleva una situazione stabile, una dimora serena, una donna tutta per sé. Un po' moglie e un po' madre, secondo la classica visione tradizionale. Ed era per questo motivo che aveva ceduto alla richiesta della mia amica.

«Mi capita di avere degli scatti di rabbia. Quando si fa un lavoro stressante come il mio, è normale.» Questa fu la sua prima versione delle liti con Margherita.

«La colpa è dell'alcol. Bere mi fa sentire bene ma se esagero mi trasformo, non sono più io e finisco per trascendere» fu la seconda versione.

Messo alle strette però dovette ammettere che, pur stressandosi sul lavoro, non gli era mai capitato di alzare la voce con un esattore delle tasse, spintonare un impiegato di banca o schiaffeggiare un cliente cocciuto. E non gli era nemmeno capitato di litigare con il barista sotto casa dopo avere ingurgitato due bicchierini di grappa o di prendere a calci un gatto randagio. Stress e alcol erano dunque delle scuse per non affrontare la vera questione della sua aggressività nei confronti delle donne. Donne di famiglia. Donne a portata di mano.

«Picchiavo mia sorella ogni volta che rimanevamo soli in casa» ammise al quarto incontro, dopo avermi raccontato un sogno in cui un mostro aggrediva eccitato una bambina in camera da letto. «E, siccome non poteva difendersi, man mano presi questa brutta abitudine. Mi veniva naturale. Era un modo per vincere la noia. Lei scappava e io la inseguivo per tutta la casa urlando e ringhiando. Quando alla fine la bloccavo in un angolo, le torcevo le braccia e la schiaffeggiavo, mi divertivo a vedere la paura nei suoi occhi.»

Emerse poi che anche il padre picchiava la madre e che il nonno aveva fratturato il naso alla nonna quando si era accorto che la donna era innamorata del giovane viceparroco e partecipava a tutti i rosari serali in parrocchia, senza mai perderne uno.

«È un vizio di famiglia» ammise. «Forse fa parte della nostra natura. Forse è qualcosa di atavico, di radicato nel nostro DNA.»

Invece di lavorare sull'inconscio familiare, come avrebbe fatto il mio professore junghiano, col rischio di effettuare un lungo percorso tra le generazioni senza la certezza di arrivare a una svolta, optai per una terapia più rapida, che facesse appello alla razionalità e alla buona volontà del paziente. Per dirla in altri termini adottai una terapia cognitivo-comportamentale basata su esercizi per il controllo dei propri impulsi e dei pensieri ripetitivi e molesti.

Egisto promise di cambiare e io gli chiesi di segnare su un taccuino i momenti della giornata (ora e minuto) in cui sentiva montare la collera, di fare dei respiri profondi e di imporsi di uscire immediatamente di casa ogni volta che, come lui diceva, gli prudevano le mani e sentiva il sangue andargli al cervello. Ma quando, nonostante i buoni proponimenti e gli esercizi, ci fu una lite serale che lasciò un grosso livido su una guancia di Margherita, i due arrivarono alla conclusione che sarebbe stato meglio vivere separati, ognuno nella propria abitazione e in completa autonomia.

Margherita non volle però rinunciare all'Egisto commercialista. Così lui continuò a recarsi nello studio medico due o tre volte al mese per tenerle la contabilità. Dopo quel fallimento sentimentale, la mia amica non cercò più legami stabili. Solo qualche avventura fugace e senza impegno, su cui ho dei sospetti ma nessuna certezza.

Una volta mentre ero in pizzeria con Lorenzo e le gemelle l'avevo vista entrare tutta pimpante a fianco di un giovane di bell'aspetto, alto e palestrato. Una specie di Alain Delon dai capelli scuri e gli occhi blu. Quel tipo di maschio che tutte le donne guardano, alcune con interesse, altre con insistenza, altre ancora rapite. L'avevo salutata da lontano con un gesto ampio del braccio. La sua allegra risposta era stata un bacio volante soffiato sulle dita di una mano.

Alla domanda di Lorenzo su chi fosse "l'accompagnatore di quella tua amica che arranca sui tacchi a spillo", avevo bofonchiato qualcosa del tipo: «Non saprei, un parente, un amico, chissà, forse suo fratello». Difficile dire se fosse soltanto un donatore o qualcosa di più. Quella mia risposta inconcludente aveva risvegliato la curiosità delle gemelle che, fingendo di aggirarsi per la sala in cerca di una compagna di scuola, si erano avvicinate, prima l'una e poi l'altra, al tavolo di Margherita e del suo accompagnatore.

Al rientro dalla loro "missione segreta" Elena ci aveva riferito che il "fidanzato" della mia amica aveva pronunciato le parole *utero* e *fagina* mentre Luisa sosteneva di avere udito le parole *pene* e *sprematoi*. Incuriosite chiesero ad alta voce e con insistenza a noi genitori di spiegarne il significato. Lì, al ristorante.

Dapprima ignorammo la richiesta. Cercammo poi di spostare la loro attenzione su un acquario dove alcune aragoste muovevano la coda e le lunghe antenne. Loro però, indifferenti ai crostacei, insistettero fino al capriccio per conoscere il significato di quelle parole che intuivano essere piccanti. Messi alle strette fummo così costretti a fornire una serie di spiegazioni che attirarono l'attenzione dei clienti dei tavoli vicini al nostro e che, inutile dire, suscitarono, a grappolo, altre domande da parte delle gemelle. Il tutto a voce alta per l'eccitazione.

«Tutti hanno un pene e una vagina?» «Quando si capisce se uno ha un pene o una vagina?» «Può crescere un pene a chi ha una vagina?» «E il pene può sgonfiarsi e diventare un vagina?» «È meglio avere un pene o una vagina?» «Ci sono persone che non hanno nulla?» «Se Lu avesse un pene e io una vagina potremmo fare dei bambini?» «Lo sperma pizzica?» «È velenoso?» «Perché gli uomini non hanno l'utero?» E così via finché, esausti, non rientrammo a casa e d'autorità le mandammo di corsa a lavarsi i denti e a letto. Cosa che loro invece fecero con estrema lentezza, tant'è che un'ora dopo stavano ancora parlottando e ridacchiando.

Se Margherita si era staccata emotivamente da Egisto, o comunque si stava impegnando per farlo, Egisto non aveva alcuna intenzione di staccarsi da lei. Trovava sempre qualche scusa per trattenersi nello studio medico più tempo del necessario. L'invitava al ristorante "per una cenetta tra ex". Passava "per caso" in auto davanti al portone dello studio tra le venti e le venti e trenta offrendosi di accompagnarla a casa. Se lei usciva con qualcuno voleva sapere chi era, che cosa facevano quando erano insieme, se andavano a letto, al cinema o al ristorante. Ovviamente Margherita minimizzava e non rispondeva a tutte le sue domande. Ciò nonostante, era fastidioso. Molesto.

Margherita però era tollerante. «In fondo ognuno di noi ha delle debolezze, difficile trovare qualcuno del tutto sano di mente... Mi dispiace vederlo soffrire» sospirava.

«Capisco che ti tiene la contabilità dello studio» avevo provato a metterla in guardia «e che in un certo senso continui a essergli affezionata, ma si sta trasformando in uno stalker. Ti spia. Vuole entrare nella tua intimità. Stai attenta. Può diventare pericoloso.»

Lei scrollava le spalle e commentava con una delle sue sonore risate: «Dài, Vanda, non esageriamo!».

Non le dissi mai dei suoi trascorsi con la sorella. Del suo godimento nel farle del male. Non le raccontai neppure del padre che picchiava la madre quando lui era bambino, né del nonno che aveva fratturato il naso alla nonna, perché erano informazioni troppo personali e soprattutto emerse in un contesto terapeutico.

C'è un rapporto di fiducia che lega il paziente al suo terapeuta, e viceversa, che non va infranto anche se la persona in questione ti è stata inviata da una amica, anche se lo consideri colpevole, disprezzabile, patetico e via dicendo. Il rapporto di fiducia è uno dei pilastri della terapia. Non c'è niente da fare, bisogna attenervisi. Il segreto professionale va rispettato.

Ora però che Margherita era in coma, sola in un letto di ospedale, mi sentivo in colpa per non averla abbastanza protetta da quell'uomo pericoloso. In lui erano ravvisabili tutte le componenti psicologiche del femminicida: violenza, gelosia, solitudine, ossessione, risentimento, stalking.

Non ho prove concrete, riflettevo mentre mi avviavo al commissariato per la seconda volta nell'arco di due giorni – *ma potrebbero emergere autonomamente senza che io debba infrangere il segreto professionale.*

Nonostante l'elevato livello di CO_2 nell'aria, che i cassonetti debordassero di spazzatura e i gabbiani urlassero eccitati davanti a tanta grazia di dio, a Roma, i mandorli, per nulla turbati, stavano fiorendo. Tutti insieme, guidati da un unico programma. Un intreccio misterioso di temperatura, stagione e biologia vegetale. Una scena che mi portò a vagare con la mente e col cuore. *La natura non discrimina tra ciò che è professionale e ciò che non lo è, tra ciò che è consentito e ciò che è vietato, non fa neppure alcuna differenza tra la vita e la morte. Procede imperterrita secondo i suoi piani prestabiliti, incurante dei nostri umani limiti e tormenti. Eppure, questa sua cinica determinazione è una sicurezza, per noi fragili essere umani, un segno di forza che ci indica la strada nei momenti complicati.*

Mi dissi che era una bella riflessione. Che dovevo ricordarmela per poi scriverla da qualche parte. E così ho fatto.

5

Dietro lo specchio

All'epoca del fattaccio Olga Belotti avrà avuto quarantacinque-quarantasei anni. Tondetta, un po' tozza, più bassa che alta, nessun segno fisico particolare se non un neo antiestetico sul collo. Una donna dallo sguardo severo e dal piglio deciso, tagliata su misura per lavorare in uno studio medico.

Stava alla reception, rispondeva al telefono e fissava gli appuntamenti su una agenda voluminosa. Accoglieva le clienti sulla porta chiamandole per nome. Le guidava in sala d'attesa indicando loro le poltroncine disposte a semicerchio su due file di fronte al suo scrittoio. Si raccomandava che non parlassero ad alta voce per non disturbare la dottoressa che visitava al di là della parete.

Quando arrivava il loro turno le introduceva nello studio di Margherita. «Faccio strada» diceva con tono professionale. Nel breve tragitto dalla sala d'attesa alla porta metteva loro in mano la cartella medica che avrebbero consegnato alla dottoressa. Capitava anche che spiegasse, con sussiegosa competenza, il significato di un termine medico.

A visita ultimata spettava a lei compilare la fattura, incassare il denaro e schedare le eventuali ricette che Margherita aveva inserito nella cartella. Spiegava a bassa voce come inghiottire le pillole e in che orari, come fare le lavande, e qualche volta, anche come posizionare il pessario per sostenere l'utero retroverso di certe pazienti.

Su un post-it giallo, con un sorriso di circostanza e in bella calligrafia, scriveva infine la data dell'appuntamento successivo, se ce n'era uno.

Ero a conoscenza di questo rituale sia per esperienza personale che tramite Marisa, la mia segretaria, che si sentiva spesso al telefono con Olga. Le due erano amiche e qualche volta all'uscita dal lavoro andavano a mangiare una pizza insieme.

Quando, attraverso lo specchio a due vie, la rividi nel parlatorio del commissariato, la trovai un po' ingrassata rispetto all'ultima volta che l'avevo incontrata, forse un anno prima. Il neo invece era sempre al suo posto.

In quel camerone anonimo e spoglio, seduta a un tavolo di fòrmica e alluminio, Olga aveva perso l'aplomb dell'infermiera sicura di sé. Anche l'abito, un tailleur grigio fumo e un paio di scarpe dal tacco basso, contribuivano a darle un aspetto dimesso, senza pretese. I capelli castano scuro erano raccolti in una crocchia, fermati da due grosse mollette.

Sospettosa e un po' impaurita, Olga guardava con insistenza nella mia direzione nel tentativo di carpire un'ombra oltre lo specchio. Lei non sapeva chi ci fosse dall'altra parte. Per averlo visto in qualche film poliziesco o averne sentito parlare sapeva però che qualcuno doveva esserci e io mi sentii colpevole come la spia del KGB nel film *La vita degli altri,* che dalla soffitta registra la vita intima di una coppia presa di mira da un potente burocrate della nomenclatura del Cremlino.

Quando di lì a due minuti il commissario Cigoli entrò nel parlatorio, Olga gli si rivolse con un sorriso molto tirato. E quando lui si presentò lei rispose con un filo di voce.

«Le hanno spiegato, signora Belotti, perché è stata convocata qui, oggi?»

«Sì,» rispose guardando di lato per sottrarsi al suo sguardo «me lo hanno spiegato al telefono.»

Di Cigoli vedevo il profilo. Olga invece mi stava di fronte.

Il commissario iniziò il colloquio dicendosi preoccupato per la sorte di Margherita: «È in coma, i medici sono pessimisti, ha un grosso ematoma nel cervello».

Olga portò una mano alle labbra, visibilmente sconvolta. «Sapevo che aveva avuto un incidente, ma non sapevo che fosse così grave.»

Lui aprì una cartella di pelle nera, la capovolse e lasciò che una grossa agenda venisse giù rumorosamente sul piano del tavolo.

La segretaria ebbe un sussulto.

Pensai che quel lasciar cadere l'agenda invece di estrarla e posarla normalmente sul tavolo dovesse significare qualcosa, qualcosa che in presenza di Olga poteva voler dire "qui dentro ci sono degli indizi e tu ne sei al corrente".

«È l'agenda dello studio» commentò lei sorpresa, sporgendosi in avanti per afferrarla e avvicinarla a sé.

«In cui *lei*, signora Belotti, segna gli appuntamenti» disse il commissario accentuando il lei. «Vedo che la riconosce.»

«Certo che la riconosco, è l'agenda su cui registro le visite, i numeri di telefono delle pazienti e il motivo dell'incontro» rispose posandovi sopra una mano come per proteggerla.

«Un mio collaboratore è stato nello studio e ha sequestrato tutto, naturalmente. Le agende collocate nel suo armadio, le cartelle delle clienti nello schedario accanto alla sua scrivania, e i registri, anno per anno, nella stanza della dottoressa» spiegò il commissario con un tono pacato, quasi sillabando.

«Anche i registri che si trovano nella stanza della dottoressa» ripeté Olga meccanicamente. Capii dall'espressione del suo viso che avrebbe voluto dire qualcosa sul diritto alla privacy, ma non ne ebbe il coraggio.

«Abbiamo preso tutti i documenti che c'erano. Ho portato qui questa, perché è la più recente. È quella che sta usando lei in questo periodo, o sbaglio?»

«No, non sbaglia, commissario» rispose, visibilmente irritata.

Sfido chiunque a non innervosirsi, quando un estraneo, senza chiedertelo, mette mano ad agende, registri, documenti molto riservati. Il commissario aveva fascino, ma in quel momento ero dalla parte di Olga.

«Ho bisogno di avere da lei delle informazioni sulle persone che erano in studio quel pomeriggio.»

Olga rivolse al commissario uno sguardo preoccupato e, facendosi coraggio, chiese: «Dove sono ora, commissario, i registri che la dottoressa teneva nell'armadio? Lì dentro c'è tutta la documentazione delle visite e degli interventi».

«Sono in buone mani, non si preoccupi signora Belotti. Dovevamo farlo. Non si può indugiare in questo genere di cose. È d'accordo?»

Olga accennò un sì con la testa, ma senza convinzione.

«Esamineremo tutto il materiale con cura. È il nostro lavoro. Con lei vorrei però parlare delle ultime ore che hanno preceduto l'aggressione.»

Pausa.

«Bisogna essere tempestivi. Più tempo passa più l'aggressore avrà modo di cancellare eventuali tracce e più difficile sarà per noi individuarlo. È d'accordo?»

Non potei non notare che quegli intercalare «sbaglio?», «è d'accordo?» che Cigoli aveva usato anche con me il giorno precedente, erano piccole strategie da commissario di polizia per ottenere l'assenso forzato dell'interlocutore e così facendo portarlo via via sul proprio terreno.

Olga dapprima sospirò, poi aprì l'agenda e uno per uno lesse ad alta voce orari delle visite, nomi delle pazienti e numeri di telefono. Su insistenza di Cigoli, ma molto mal volentieri, passò poi a leggere gli indirizzi di casa delle pazienti sulla rubrica in fondo all'agenda.

Mentre Olga snocciolava suo malgrado tutti i dati richiesti, Cigoli appuntava qualcosa su un foglio volante poggiato sul tavolo davanti a sé.

Terminato l'elenco delle pazienti di quella giornata, Cigoli chiese a Olga di descrivergli, uno per uno, il motivo delle visite.

«Sono cose molto personali… non so se posso, dovrei chiedere alla dottoressa.»

«Già, ma la dottoressa purtroppo non può risponderle, è in stato di incoscienza» disse lui lisciandosi un baffo.

Olga si portò una mano alle labbra: «Già» ridacchiò. Non so se per l'imbarazzo o per qualche altro suo recondito impulso.

«C'è una donna tra la vita e la morte, signora Belotti» tagliò corto lui. «La prego di illustrarmi i motivi delle visite di quel pomeriggio. Una per una. È importante.»

Olga prima si agitò sulla sedia che scricchiolò, poi tossì, inclinò la schiena all'indietro, lanciò un'occhiata allo specchio, infine iniziò:

«Il primo appuntamento era per endometriosi ovarica, una signora di quarant'anni che non riusciva a concepire. Il secondo per una ecografia al terzo mese di gravidanza, una primipara. Il terzo era per alterazioni ormonali. Dopo di lei è arrivata una donna di trentaquattro anni che si era sottoposta a un ciclo di stimolazione ovarica. È venuta anche una madre con una bambina di undici anni che aveva avuto le prime mestruazioni» e così via, fino all'ultimo caso di quella giornata.

Terminato l'elenco, Cigoli le chiese di sforzarsi di ricordare se avesse notato qualcosa di insolito quel pomeriggio, come battibecchi, rimostranze o, che so, un litigio. Se una paziente se ne fosse andata via dallo studio scontenta, lamentandosi o minacciando ritorsioni. Se quel giorno fossero venuti degli uomini o dei ragazzi. E nel pronunciare la parola "ragazzi" Cigoli incautamente si voltò verso lo specchio dietro cui, zitta e immobile, c'ero io.

Olga colse quello sguardo e a sua volta puntò gli occhi verso lo specchio per alcuni secondi nel tentativo di scorgere una figura umana.

La sua risposta alla domanda sugli uomini e i ragazzi fu il classico moto di diniego con il capo.

La vidi poi congiungere le mani e tirare su col naso. Mi chiesi se per caso non temesse che dietro allo specchio ci fosse Margherita e che fosse tutta una messa in scena per un qualche recondito motivo che ancora le sfuggiva. Lo studio era chiuso da due giorni e Olga lo sapeva. Ormai sapeva anche come stava Margherita perché glielo aveva detto Cigoli, eppure la razionalità può andare a farsi friggere quando si è molto agitati.

«Non capita mai che qualcuno abbia un comportamento minaccioso» disse poi con la voce bassa di chi sta facendo una confidenza. «Possono lamentarsi, mugugnare un pochino ma non minacciare» e con un moto di orgoglio aggiunse: «Le nostre clienti sono tutte persone educate».

«Non è mai capitato che la dottoressa scontentasse una paziente, che facesse degli errori?»

«Errori?» di nuovo guardò lo specchio, questa volta con gli occhi sbarrati per la paura di lasciarsi sfuggire una parola sbagliata. «Be', può capitare… capita a tutti di fare degli errori… Quello della dottoressa Damiani è un lavoro delicato, molto delicato, dove non sempre le cose vanno come dovrebbero andare, grossi errori però no, non ne ricordo.»

La mia impressione in quel momento fu invece che stesse ricordando qualcosa di personale. Ebbi questo pensiero, basato su microespressioni mimiche, perché conoscevo un episodio della sua vita…

Cigoli le piantò addosso i suoi occhi penetranti. Tracciò poi uno svolazzo sul foglio degli appunti che teneva fermo davanti a sé. «Nessun caso particolare, nulla che possa far pensare a risentimenti, a qualcosa che non aveva funzionato, a una cura sbagliata?»

«Non mi sembra proprio.» Poi a un tratto, toccandosi il neo sul collo e ridacchiando come per cancellare le parole appena pronunciate: «Ora che ci penso, una signora era venuta senza appuntamento».

«Ah! E il motivo?»

«Era insistente… aveva avuto un figlio anni fa» e vedendo la curiosità sul viso del commissario continuò «con l'inseminazione. Non so se posso dire…»

«Certo che può dire, siamo qui per questo e nulla di ciò che dice uscirà da questa stanza.»

Prima di riprendere a parlare, Olga lanciò di nuovo uno sguardo allo specchio, segno che non si fidava completamente della rassicurazione del commissario.

«Be', insisteva per qualcosa che non sono riuscita a capire… Aveva telefonato varie volte negli ultimi tempi, ma la dottoressa non voleva riceverla. Dovevo riferire che era impegnata o che non era in studio, scuse del genere, e così quel pomeriggio si presentò senza appuntamento.»

«Come si chiama questa signora che si è presentata senza appuntamento?»

«Non ricordo.»

«Si sforzi di ricordare.» Il tono era deciso. Lo sguardo diretto e un po' severo.

Pausa.

Olga scosse il capo come se quel movimento potesse far emergere il nome della paziente, senza però alcun esito.

«Non volevo che entrasse in studio senza appuntamento e così non segnai il suo nome o forse non glielo chiesi nemmeno. Avevo cercato di fermarla sulla porta d'ingresso, ma lei era entrata con prepotenza e si era infilata in sala d'attesa senza che io riuscissi a bloccarla. Era molto determinata. Non potevo fare una scenata di fronte alle altre pazienti, perciò dissi "faccia come le pare" e me ne andai.»

«Andò dove?»

«Per i fatti miei» rispose risentita. Poi si riprese e cambiò tono: «Quel giorno ho staccato alle diciotto. Vede questa linea orizzontale sull'agenda» disse indicando con il dito la pagina aperta «quella linea indica che sono uscita dallo studio alle diciotto. Segno sempre tutto» concluse con un sorriso tirato.

«Vedo. Qual è il suo orario di lavoro?»

«Dalle quindici alle venti, i giorni dispari: lunedì, mercoledì, venerdì.»

«E quella sera, proprio quella sera, è uscita prima?»

«Sì, sono uscita prima.» Il tono questa volta era deciso, quasi rivendicativo.

«Al telefono ha detto al mio assistente che quella sera doveva venire in studio un rappresentante di apparecchi sanitari. È così o sbaglio?»

«Sì, l'ho detto» confermò.

«E proprio quella sera in cui arriva un rappresentante di apparecchi sanitari lei se ne va. È così?» disse fissandola.

«È così.» La Belotti improvvisamente arrossì. Si toccò il neo. Cercò qualcosa nella borsetta. Ne estrasse un fazzoletto di carta. Poi aggiunse: «Io non ho nulla a che fare con i rappresentanti di apparecchi sanitari o altro, loro trattano direttamente con la titolare».

«Allora sarà stata la *titolare* ad aprirgli la porta. È così?» chiese calcando la voce sul termine titolare.

«Penso di sì, in genere vengono tardi, quando in studio sono rimasti pochi pazienti. Portano i loro prodotti e illustrano le novità.»

«E per quale motivo lei è uscita prima delle venti, quella sera? Immagino per un motivo urgente» chiese inquisitivo il commissario.

«Nessun motivo urgente. Capita che qualche volta esca prima per andare a prendere Gioia all'asilo e per farmi un favore può succedere che eccezionalmente me la tengano oltre l'orario.»

«Sua figlia?»

«Sì, la mia bambina.»

«Non c'è nessun altro che può andare a prendere Gioia all'asilo quando lei è al lavoro?»

«Sì, c'è una vicina di casa che mi dà una mano, ma non sempre è disponibile.»

«E il padre? Mi scusi, c'è un padre?»

«Sono ragazza madre» rispose, abbassando lo sguardo.

Non dovrebbe abbassare lo sguardo, è anacronistico vergognarsi per questa cosa.

«Capisco. Non vedo però altre linee orizzontali nei giorni e nelle settimane precedenti» notò lui sfogliando l'agenda all'indietro.

Olga non rispose. Si agitò un po' sulla sedia, portò una mano alla bocca e tossì. «C'è una cosa che non ho detto e che ricordo bene.»

Cigoli la incoraggiò con un cenno del capo.

Lei inclinò il busto in avanti con l'atteggiamento tipico di chi sta per rivelare qualcosa di riservato: «Quella sera uscendo dal palazzo ho visto in strada, poco distante dal portone, il dottor Egisto, il marito… ex… della dottoressa. Non so se può servire».

«Tutto può servire, signora Belotti.»

«Da quando non vivono più insieme la segue. L'ho visto altre volte.»

Cigoli fece un altro svolazzo sul foglio degli appunti poi: «L'ha riferito alla dottoressa?».

«E come facevo, non l'ho più vista da allora» rise nervosamente, «e poi lei non dà importanza a queste cose.»

«Non intendevo la sera in cui è stata aggredita, ma le volte precedenti» spiegò Cigoli con tono indulgente. «Per quale motivo la seguiva, secondo lei?»

Ci sa fare il commissario, alterna la severità all'indulgenza per ottenere la collaborazione dell'interrogato. E ci riesce.

«Per gelosia, credo» ridacchiò Olga.

«Gelosia? Che genere di gelosia?»

«Non so… non so se posso dire, sono cose personali» lanciò uno sguardo allo specchio.

«Può dire, può dire, non abbia timore.»

«Forse era geloso dei donatori» disse con un sorrisetto complice.

«Geloso dei donatori!» esclamò il commissario stupito e al tempo stesso divertito. Anch'io mi stupii. Era la prima volta che sentivo quella versione. Ma un attimo dopo, come in un flash mi ricordai di quella sera in trattoria con Lorenzo e le bambine quando avevo visto Margherita accompagnata da una specie di Alain Delon con i capelli scuri e gli occhi blu.

Già... potrebbe essere!

«I giovani che la dottoressa riceve sono tutti belli e aitanti. Li visita fuori orario per valutare se possono svolgere quella funzione...» sussurrò l'infermiera portando una mano alla bocca.

«... la funzione riproduttiva» concluse il commissario per lei.

«Sì quella» sorrise Olga un po' impacciata.

«Sono selezioni delicate immagino. Non è così?»

«Be', sì. Bisogna che i tratti somatici non siano troppo diversi da quelli della coppia da inseminare ed escludere che il donatore sia portatore di malattie genetiche o difetti cromosomici.»

«E la dottoressa faceva anche questi esami?»

«Sì, la mattina del sabato, qualche volta anche di sera dopo le visite.»

«E lei il sabato va in studio?»

«No, non vado mai in studio nel fine settimana. E negli altri giorni stacco alle venti» disse tormentandosi il neo.

«Già, tranne quella volta» commentò lui lisciandosi i baffi.

Poi ripensando al discorso di poco prima: «Non ha mai detto alla dottoressa di aver visto il marito nei pressi dello studio quando staccava alle venti?».

«La dottoressa è tollerante con il marito, cerca di mantenere dei buoni rapporti, lui le tiene la contabilità.»

Cigoli scrisse alcune parole sul foglio.

«Potrebbe essere salito in studio dopo che io ero andata via» disse velocemente, con l'agitazione tipica dei delatori.

Cigoli sfogliò l'agenda una seconda volta, avanti e indietro, nervosamente. «Non trovo altre linee orizzontali» insistette.

Olga non fiatò.

«Mah!» esclamò lui guardandola direttamente negli occhi.

Cigoli si attendeva una risposta, un commento. Olga invece si limitò a tamponarsi le narici con un fazzoletto di carta.

«La ringrazio, signora Belotti, per le informazioni che mi ha dato. Verificheremo. La farò contattare dal mio assistente se avrò ancora bisogno di lei, spero di non averle sottratto troppo tempo.»

«A sua disposizione» rispose lei chinando il capo in segno di assenso.

Si alzarono contemporaneamente dalle rumorose sedie di metallo.

«L'accompagno» disse Cigoli indicando la porta. Un portello con il catenaccio più che una porta, come quelli che si vedono nelle stanze degli interrogatori dei film polizieschi degli anni Cinquanta.

Nell'uscire dalla stanza Olga, sospettosa, lanciò ancora una volta un'occhiata allo specchio e così facendo inciampò con un piede in una gamba del tavolo che, essendo di un metallo leggero, rischiò di capovolgersi.

6

Una rosa dopo l'altra...

Dopo qualche minuto, il commissario mi raggiunse nella mia postazione di spia del KGB.

«Che impressione le ha fatto, dottoressa Marras?» mi chiese con un'espressione che invitava a una conversazione rilassata mentre trascinava una sedia di fronte alla mia.

Quando si fu sistemato ebbi la sensazione di una vicinanza eccessiva. Le nostre ginocchia si erano sfiorate ed erano ancora molto vicine. Dovevo fare attenzione per evitare un contatto che ci avrebbe obbligati a scusarci reciprocamente, a cambiare posizione alle gambe, magari a dire qualcosa di più o meno spiritoso o di più o meno imbarazzante.

Pensai che fosse una sua strategia fondata sulla certezza, collaudata negli anni, di avere successo con le donne. Un comportamento automatico. Creando un flusso positivo tra i nostri due corpi sarei stata più disponibile a parlare, ad aprirmi, ad avere fiducia in lui.

Non spostai la sedia all'indietro come avrei fatto nel mio studio se un paziente si fosse avvicinato in quel modo, ma neppure permisi che si creasse quella intimità che lui pareva auspicare. Non perché non fosse attraente, questo no – apprezzavo il suo sguardo diretto e avvolgente, la cura che aveva per i suoi baffi, il fisico asciutto e tonico – bensì per non lasciarmi coinvolgere in emozioni fuorvianti. Margherita era più morta che viva in un letto d'ospedale e mettermi a flirtare con il commissario mi sembrava assolutamente fuori luogo.

«Mah...» dissi inclinandomi un po' all'indietro.

La performance di Olga era stata zoppicante. Quel rossore, quelle risatine, quegli imbarazzi, quel toccarsi il neo sul collo. Il fatto poi che se ne fosse andata via proprio la sera dell'incidente, quando invece era solita restare fino alla chiusura, non deponevano certo a suo favore.

«A me è sembrata tesa, come se dovesse nascondere qualcosa. È anche arrossita un paio di volte. Se fosse un'adolescente capirei, ma non una donna della sua età abituata a lavorare con il pubblico» esordì Cigoli.

«Sì, era tesa» confermai. «Ma un interrogatorio al commissariato non è una cosa che capita tutti i giorni» cercai di giustificarla. «Scombussola, soprattutto se non si è preparati a quel tipo di confronto. Tutti abbiamo visto scene simili nei film. La stanza degli interrogatori è sempre squallida, grigia, il tavolo, chissà perché, ha una gamba più corta delle altre e le sedie di metallo sono scomode e fredde.» A dimostrazione di ciò che stavo dicendo impressi un leggero movimento al tavolo che si inclinò da un lato e che Cigoli si affrettò a raddrizzare.

Poi si lisciò un baffo e sorrise. «Ma quelle risatine non l'hanno colpita? Dico bene dottoressa?»

«Anch'io le ho notate, ma sono risatine di imbarazzo, di insicurezza.»

«D'accordo. Ma c'è dell'altro. La signora Belotti non è stata sincera.»

«In che senso?»

«Il rappresentante di apparecchi sanitari non è mai arrivato in studio. È una bugia a trecentosessanta gradi. Lo sappiamo perché abbiamo interrogato le pazienti che sono rimaste in sala d'aspetto fino a tardi.»

«Ah, dunque avete già sentito le pazienti! Pensavo, dalle domande che ha rivolto alla signora Belotti, che lei, commissario, non ne sapesse ancora nulla.»

«Volevo verificare se diceva la verità. E invece è venuta fuori questa bugia del rappresentante oltre a quell'altro racconto, tutto da verificare, che in strada ci fosse l'ex marito della dottoressa.»

«Egisto.»

«Lo conosce?»

«Sì, lo conosco» ammisi. «Egisto e Margherita hanno convissuto per un po' ma non si sono mai sposati. Lui continua a occuparsi della contabilità dello studio.»

«È uno stalker come dice la signora Belotti? Infastidiva veramente la dottoressa Damiani?»

«So che la cercava anche se vivevano separati, però non credo che fosse geloso dei donatori» lo dissi senza convinzione e Cigoli se ne accorse. «In realtà, a ben pensarci, potrebbe anche essere una congettura di Olga» aggiunsi.

«Già, i donatori. Questa è un'altra storia curiosa su cui bisognerà indagare. Giovani aitanti, fuori orario, soli in studio con lei. Pensa che la dottoressa potesse avere dei rapporti non professionali con quei ragazzi?»

«Mi stupirei molto. Ho sempre pensato che Margherita sul lavoro fosse molto professionale» dissi ostentando sicurezza anche se io stessa cominciavo ad avere qualche dubbio.

«Il marito o ex compagno però era geloso… geloso dei donatori che la dottoressa riceveva e visitava… da sola» sorrise allusivamente divertito.

Capii che in quel momento stava immaginando qualcosa di sessuale.

Non risposi.

«Quindi un possibile indiziato?» insistette.

«È tutto da verificare, potrebbe trattarsi di una fantasia di Egisto come di una fantasia di Olga. Non ho elementi sufficienti per valutare.» Cercai di non sbilanciarmi. Non intendevo suggerire ipotesi di cui avrei potuto pentirmi. Semmai l'avrei fatto in seguito, se fosse emerso qualcosa di concreto.

«Allora, verificheremo se questo signor Egisto, commercialista geloso, ha un alibi oppure no. Potrebbe essere anche questa una bugia di Olga. Lei che ne dice?»

«Ma perché tante bugie?» chiesi.

«Perché con le bugie si crea confusione, si cerca di sviare le indagini, di mettersi in salvo. È una reazione che molte persone hanno quando sono in preda al panico. Indicare più persone sospette per obbligare noi, poveri poliziotti, a seguire tante piste diverse, a impegnarci su più fronti e a distogliere l'attenzione da loro. E intanto il tempo passa e il tempo che passa va tutto a nostro discapito e a loro vantaggio.»

Trovai la spiegazione plausibile. È così che succede, quando si è sotto pressione. Sentendosi incalzati si cerca di spostare l'attenzione del proprio interlocutore su qualcun altro, anche se questo sotterfugio non è necessariamente un indice di colpevolezza. I timidi lo fanno spesso. Anche le mie gemelle, che timide non sono, sono abilissime nel depistaggio, lo sanno fare in modo quasi scientifico. Se una delle due ha combinato un guaio, l'altra accusa subito Joy, la nostra colf, con dovizia di particolari inventati lì per lì. Mentre la colpevole, sentendosi appoggiata dalla sorella, rincara la dose. Mi chiedo se lo abbiano imparato da qualcuno di noi o se lo abbiano scoperto da sole. Non mi stupirei se quella attendibile fosse la seconda ipotesi.

La loro alleanza potrebbe essere già iniziata, a mia completa insaputa, quando se ne stavano beate strette strette e ben avvinghiate dentro al mio utero. Mentre io a quel tempo, inebetita dagli ormoni della gravidanza, me le immaginavo delle bambine docili e obbedienti, loro invece, galleggiando all'unisono nel mio liquido amniotico, mettevano le basi per quella che un illustre studioso delle coppie gemellari definì *una coppia eccessiva*, tanto solidale quanto pericolosa.

Ci fu una lunga pausa, poi a bruciapelo Cigoli riattaccò: «Secondo lei la signora Belotti poteva avere qualche motivo di risentimento nei confronti della titolare, come l'ha definita lei? In fondo trascorrevano molto tempo insieme e quando si sta molto insieme, lei me lo insegna, è facile che nascano delle intolleranze, delle antipatie, dei rancori».

«Certo, capita, altroché se capita, anche se mi sembra strano in questo caso perché Margherita e Olga lavorano insieme da svariati anni e il loro rapporto è ben rodato.» Non ero affatto sicura di ciò che stavo dicendo. «Comunque ci penso e nel caso le faccio sapere.»

«Mi telefoni immediatamente se le viene in mente qualcosa. La tempestività nelle indagini è fondamentale. A volte basta un dettaglio che sembra irrilevante o addirittura stupido per individuare il movente e fare luce su un omicidio. E questo è praticamente un omicidio, nelle intenzioni e nei fatti.»

«Margherita è una donna forte, sono certa che se la caverà» obiettai più per affetto nei confronti della mia amica che per una reale convinzione.

«Conto su di lei, cara dottoressa, e sulla sua conoscenza dell'animo umano» fu il congedo di Marcello Cigoli nel tendermi la mano quando ormai, dopo aver percorso il corridoio un passo avanti a lui, eravamo giunti davanti alla guardiola.

«Non mi sopravvaluti, commissario» risposi «conosco l'animo dei miei pazienti, almeno per quello che mi svelano nel corso delle sedute, non certo l'animo di persone con cui ho avuto una frequentazione sporadica come nel caso della signora Belotti. Di lei conosco solo l'identità lavorativa, non quella intima, nascosta e veritiera. Tra i due aspetti, come lei sa meglio di me per via del suo mestiere, ci può essere un divario abissale.»

«Conto su di lei» ripeté. «Se le viene in mente qualcosa che assomigli a un movente non esiti a telefonarmi. Un momento» disse poi. Entrò nella guardiola e ne uscì con una rosa gialla in piena fioritura, col gambo molto lungo, avvolto, nella parte inferiore, in carta argentata. Me la porse insieme a un biglietto da visita con la sua mail e il suo numero di cellulare stampati in rilievo.

«È un piccolo segno di gratitudine per l'aiuto che mi sta dando e anche, mi consenta, di ammirazione per una bella donna.»

Difficile reggere quel momento e quello sguardo.

Avvicinai le narici alla corolla: «Ha un profumo molto delicato» fu l'unica cosa che riuscii a dire.

Quando passai con la mia Cinquecento di fronte al commissariato, Cigoli era sul portone. Mi fece un cenno con la mano che io finsi di non vedere. Percepii un brivido per la schiena ma ignorai anche quello.

Tornata a casa baciai Lorenzo con più convinzione del solito. Consegnai la rosa alle gemelle: «Bambine, prendete il vaso dal collo lungo per questo bel fiore e metteteci dell'acqua fresca».

«Siamo alla seconda rosa,» disse Lorenzo «finirà che dovrò trovarmi un'amante.»

«Non prima che ne abbia trovato uno io» risposi scherzosa.

«Che cos'è un'amante?» chiese Elena sbattendo le palpebre.

«È una fidanzata più bella della moglie» rispose Luisa con aria di sufficienza.

Io e Lorenzo scoppiammo a ridere. Poi le rassicurammo che né mamma né papà cercavano qualcuno di più bello. A riprova di quanto stavamo dicendo Lorenzo mi mise un braccio intorno alla vita, mi attirò a sé e mi baciò sulle labbra davanti a loro.

«Barbie e Ken! Barbie e Ken! Barbie e Ken!» fu il commento beffardo delle due pesti che battendo le mani al ritmo di una marcetta improvvisarono un girotondo con noi al centro.

Dopo cena Lorenzo si mise a guardare *Ombre rosse* di John Ford alla TV. Un film cult. Era la terza volta che lo guardava. Anch'io avrei rivisto volentieri gli ospiti della diligenza diretta in Arizona, l'imboscata degli indiani e l'arrivo del Sesto Cavalleria, ma non riuscivo a non pensare a ciò che stava cominciando a emergere dalle indagini.

La gelosia di Egisto era un indizio forte. Il donatore era una novità. Sino ad allora non avrei mai pensato che Margherita potesse avere una storia con un donatore o, peggio, del sesso casuale con uno di loro, magari più d'uno. Non potevo però escluderlo a priori, in fondo la nostra amicizia era basata in gran parte sul lavoro più che su una frequentazione assidua. E poi c'era quella serata in pizzeria in cui Margherita, a ripensarci, era su di giri…

Potevo escludere del tutto che dopo una cena di lavoro col bel donatore ci fosse stato un dopocena in studio? Magari sul lettino delle visite?

I donatori erano dunque una pista da non trascurare. Un'altra era quella della paziente senza appuntamento e senza nome. C'era poi Olga Belotti, l'infermiera segretaria, con le sue reticenze, con i rossori e il tic del neo, che era uscita prima dell'orario di chiusura proprio quando doveva arrivare un rappresentante di apparecchi sanitari. Guarda caso proprio la sera dell'aggressione. Che comunque, a quanto pare, non si era fatto vivo. Mancava il movente, ma ce n'era abbastanza per fare affiorare in modo ineluttabile uno di quei feroci mal di testa che si manifestavano quando ero stressata.

7

Dinamiche oniriche

Il sogno che feci quella notte fu assai balzano, inzeppato di elementi della giornata appena trascorsa, un sogno da manuale.

Al centro della scena, inutile dirlo, c'era Margherita. In piedi, imponente, imbustata in un camicione nero, rigido, lungo fino ai piedi, con un'ampia scollatura a V sul petto da cui sporgevano i due seni prorompenti. Una ferita sanguinante le attraversava la fronte. Barcollava su dei tacchi vertiginosi e sembrava non accorgersi di nulla.

«Mi riconosci?» le chiesi, cercando di ottenere la sua attenzione. «Bada alle griglie che hai sotto i piedi, se ci infili un tacco capitomboli a terra e ti sloghi le caviglie!» aggiunsi preoccupata.

Lei, altezzosa, scosse il capo in segno di diniego. «Grazie del consiglio, amica cara, ma so badare a me stessa» rispose piroettando sulle punte delle scarpe. «Io sui tacchi a spillo ci vivo e ci ballo!»

Improvvisamente otto dervisci, giovani maschi alti e attraenti, vennero fuori dal nulla. Circondarono Margherita ruotando nei loro abiti bianchi plissettati. Anche loro indossavano delle scarpe con i tacchi a spillo.

«Sono i tuoi santi protettori?» chiesi.

«Sì» rispose lei scoppiando in una delle sue risate rumorose. «Sono loro la forza, l'energia, la linfa vitale che nutre le uova delle mie pazienti in attesa!»

Oltre a ruotare su sé stessi fluttuavano da un lato all'altro con movimenti flessuosi e perfettamente sincroni, disegnando un'onda ipnotica in costante movimento. Le note che accompagnavano la danza erano due soltanto. Sempre le stesse. Acute e lamentose.

Fuori dal cerchio dei dervisci comparve Egisto, illuminato da un cono di luce rossa. Brandiva una scimitarra. A differenza dei danzatori, tutti giovanissimi, che giravano su sé stessi, lui era in sella a un dromedario. Cercava di aprirsi un varco tra gli uomini in movimento per raggiungere Margherita senza però riuscirci.

Olga, invece, emersa non si sa da dove, irruppe decisa nel cerchio dei danzatori, raggiunse Margherita, sollevò un grosso sasso da terra e la colpì sulla fronte, una, due, tre volte. La pietra tagliente era identica a quel minerale che Margherita teneva nel suo studio come fermaporta.

Sotto i colpi di Olga, Margherita crollò a terra con un tonfo sordo e senza un lamento. Spaventati, i dervisci si dileguarono in tutte le direzioni come farfalle smarrite. Sulla scena rimasero soltanto Olga ed Egisto. I due attuali sospettati che, una di fronte all'altro, si guardavano in cagnesco. Il neo sul collo di Olga si gonfiava e sgonfiava come una pompetta animata da una mano invisibile. Egisto invece protendeva la scimitarra ma, avendo le braccia corte, non riusciva a sfiorarla.

Quel sogno suscitò in me una forte emozione che permase per tutta la mattina successiva. Sotto l'effetto di quella visione mi domandai se sarebbe stato di aiuto alle indagini raccontarla al mio fascinoso commissario. Avrei potuto telefonargli nel pomeriggio tra un paziente e l'altro.

Col trascorrere delle ore, però, man mano che le sensazioni si dileguavano, esclusi che fosse una buona idea. Non tutti sono disposti ad ascoltare i sogni altrui, che considerano divagazioni narcisistiche senza costrutto. Soltanto noi psicoterapeuti siamo interessati a queste secrezioni notturne del cervello dei nostri pazienti, da cui cogliamo pezzi di verità. Frammenti che, uniti tra loro riescono poi a generare interessanti catene di libere associazioni.

E così accadde anche quella volta. L'oppressione emotiva suscitata dal sogno fece riemergere in ordine sparso tutto ciò che nel tempo avevo sentito raccontare di Olga da Marisa, la mia fedele segretaria, così da poterlo ricomporre in un mosaico con una sua logica e un suo significato.

Marisa e Olga si sentivano spesso al telefono e ogni tanto uscivano insieme per un caffè o una pizza. Durante questi loro contatti si scambiavano confidenze, come è inevitabile, oltre, immagino, a qualche lamentela sulle loro "titolari". Marisa poi mi raccontava ciò che le confidava Olga, sia pure in maniera incompleta, casuale, censurata e reinterpretata da lei.

Molte tessere del mosaico incominciarono così a riaffiorare *motu proprio* nella mia memoria fino a formare una serie di passi piuttosto coerenti.

Il punto da cui partire era Gioia, la bimba di Olga che allora aveva quattro anni. Anche lei concepita con la fecondazione assistita per mano di Margherita.

Olga e Gianni, a quei tempi suo marito, che sognava una famiglia numerosa, avevano cercato di avere un bambino fin dalla prima notte di nozze. La fisiologia, però, nonostante l'amore e l'impegno assiduo di entrambi, non aveva funzionato. Ogni ventotto giorni le mestruazioni tornavano, implacabili come le maree. E alle prime gocce di sangue seguivano i singhiozzi di Olga, delusa e infelice.

Gianni, questo va a suo merito, aveva dato prova di grande

pazienza e comprensione. Quando lei piangeva l'avvolgeva tra le sue braccia, la coccolava, le diceva frasi d'amore e di speranza: «prima o poi ce la faremo», «non ti lascerò mai», «conosco una coppia che ha avuto il primo figlio dopo dieci anni con una piccola cura ormonale e dopo ne hanno avuti altri due».

Gianni non era impotente, mi aveva assicurato Marisa dopo una telefonata con Olga. A un esame clinico, però, il suo liquido seminale era risultato non soltanto insufficiente ma anche percorso da rari e lentissimi spermatozoi, alcuni addirittura a forma di falce che, se mai avessero avuto la sorte di raggiungere un uovo nelle tube, avrebbero fallito il loro compito.

Margherita aveva perciò proposto a Olga, che lavorava nel suo studio ormai da un paio d'anni, un «rafforzamento del liquido seminale». Per intenderci, le aveva proposto di farsi iniettare il liquido seminale di Gianni mescolato con quello di un giovane maschio dagli spermatozoi pronti all'azione.

Più di una coppia era riuscita a concepire grazie a questi suoi interventi artigianali, tant'è che ogni anno in dicembre arrivavano in studio cassette di vini, dolci, piante e bouquet di fiori a testimonianza della gioia e della gratitudine di quelle coppie che, grazie a lei, erano riuscite a realizzare il loro sogno.

Nella busta che accompagnava questi omaggi c'era quasi sempre la foto di un neonato paffuto in un completino azzurro o di una neonata tutta rosa e sorridente.

Gianni, stressato dai singhiozzi mensili di Olga, e in fondo convinto che questa fosse l'unica opzione, aveva acconsentito a eiaculare il suo sperma in un cilindro di plastica trasparente e a consegnarlo ancora caldo alla moglie che l'aveva affidato subito alle mani esperte di Margherita. Non si era però soffermato sulla fase successiva della procedura, quella del "rafforzamento" su cui la stessa Olga aveva sorvolato per evitare che lui potesse ripensarci.

«Fatene quello che vi pare, donne!» aveva esclamato Gianni, scherzoso, nel consegnare il cilindro di plastica colmo del suo sperma. «Ho dato il mio contributo, per me basta e avanza» come a dire che non sarebbe stato disponibile per una seconda donazione.

L'inseminazione aveva avuto successo al primo tentativo, cosa non molto frequente sotto il profilo statistico, segno che il "rafforzamento" aveva funzionato alla grande.

Soltanto in occasione della terza e ultima ecografia, quando ormai Olga stava per entrare nell'ottavo mese di gravidanza Gianni era venuto a conoscenza del contributo fornito dal donatore: «Il ragazzo gentile e disinteressato che ha contribuito alla vostra felicità» aveva declamato Margherita sorridente mentre spalmava il gel sul pancione di Olga.

Anche se al momento non aveva obiettato, Gianni aveva avvertito una scarica elettrica al centro del petto, proprio sotto lo sterno. Poi aveva portato una mano all'altezza del cuore e farfugliando aveva detto qualcosa tipo: «A mia insaputa... siete due streghe».

In realtà Margherita ignorava che Olga non avesse illustrato a Gianni la seconda parte del procedimento. Aveva dato per scontato che l'avesse fatto, tanto più che lavorando nel suo studio come infermiera conosceva bene le procedure.

Rientrato a casa, quella sera, pur essendo stato fino ad allora un marito educato, sollecito e corretto sia nei comportamenti che nel linguaggio, Gianni si era indignato, arrabbiato e infuriato per ciò che «le due arpie» avevano ordito alle sue spalle.

«Per nessuna ragione al mondo avrei consentito che il mio seme venisse mescolato con quello di un altro!» pare avesse urlato fuori di sé. Così nell'impeto di rabbia forse più violento della sua vita, se ne era andato di casa sbattendo la porta e non vi aveva più fatto ritorno.

Gioia era dunque la figlia ultradesiderata di una ragazza madre, lavoratrice e non più giovanissima. Una bella bambina di quattro anni con un morbido casco di capelli biondi già alla nascita, che però al primo esame fisico e neurologico nel reparto di neonatologia risultò affetta da sindattilia, un'anomalia dal nome strano e allarmante.

Il termine deriva dal greco *sin*, che significa "unito a", e *daktylos*, che significa "dito". Detto in altri termini alcune dita delle mani e dei piedi sono congiunte o per la pelle o per le ossa.

Nel caso di Gioia l'anomalia riguardava la fusione ossea del terzo e quarto dito delle mani e dei piedi. Un intervento chirurgico tra i sei e i dodici mesi risolve facilmente i casi in cui il congiungimento riguarda soltanto la pelle e la carne, meno facilmente quelli che coinvolgono anche le ossa.

Sta di fatto che il primo intervento ai piedi, pur avendo dato un esito positivo, ritardò di circa un anno la capacità di camminare della bimba e quello alle mani riportò le dita a una funzionalità dell'ottantacinque per cento. Un risultato che rallegrò il chirurgo ma non Olga, che si preoccupava per questo handicap della bambina. Un secondo intervento di lì a qualche anno, avrebbe potuto essere risolutivo, anche se nessuno poteva garantire che la mobilità delle dita sarebbe stata totale.

Invece di prendere la cosa con filosofia, nutrire fiducia negli interventi futuri e consolarsi per avere avuto una bimba tanto bella e affettuosa, quella anomalia divenne il cruccio di Olga. Aveva penato tanto per concepire e mettere al mondo quella bambina. Aveva addirittura perso il marito, e ora veniva fuori che la piccola aveva un difetto che le avrebbe creato dei problemi nella scrittura e nel disegno a mano libera. Una cosa che non aveva assolutamente messo in conto, di cui non aveva mai sentito parlare prima di allora. Un cruccio che col tempo si trasformò in un'ossessione: un pensiero fisso, ricorrente, malato.

«Olga ha bisogno di sostegno psicologico per la questione della bambina. È sempre più scorbutica e questo influisce sul suo lavoro in studio e anche sul rapporto con la piccola. È ansiosa, scontenta e iperprotettiva. Le ho detto di fissare un appuntamento con te. Era d'accordo. Ma siccome ha lasciato passare troppo tempo l'ho fissato io per lei con la tua segretaria. Le parcelle saranno a mio carico, ovviamente» mi aveva annunciato Margherita per telefono una settimana prima dell'incidente.

Olga però aveva disdetto l'appuntamento che Marisa le aveva dato, adducendo un impegno «ben più importante della psicoterapia».

«Con un tono brusco» aveva specificato Marisa «che non mi è affatto piaciuto, quasi le avessi fatto un dispetto. In fondo io ho solo segnato un appuntamento in agenda, pensavo che lei e la sua capa fossero d'accordo.»

Cosa si nascondeva dietro quella disdetta? Era la reazione a una forzatura di Margherita oppure all'ultimo Olga aveva optato per una soluzione più rapida dettata dall'impulso, quella cioè di affrontare Margherita *vis-à-vis* e di scaricare direttamente su di lei le sue angosce?

«Mi incolpa di non avere abbastanza approfondito le caratteristiche genetiche del donatore» mi aveva spiegato Margherita in quella telefonata. «È un'accusa che non sta in piedi, ma lei insiste. Tu sai quanto io sia scrupolosa nello scegliere i donatori – tutti giovani, sanissimi e anche molto belli – e se la piccola è nata con questo difetto la colpa può essere di chiunque, se di colpa si vuole parlare. È il gioco della genetica, che non riguarda solo i genitori ma anche nonni e antenati chissà quanto lontani nel tempo. La causa potrebbe anche essere congenita, cioè una anomalia che si è verificata nel corso della gravidanza, durante lo sviluppo del feto; ma lei si è fissata e ultimamente ha degli sbalzi di umore molto sgradevoli, se ne va all'improvviso dallo studio adducendo scuse poco credibili. Chiede con insistenza di rintracciare il donatore per sapere se lui o qualche suo parente è portatore di quella anomalia, il che è impossibile.»

Pur senza mai approfondire la questione, perché non volevo metter becco nel delicato lavoro di Margherita, avevo sempre covato qualche dubbio sulla prassi da lei utilizzata per la ricerca dei donatori e questo caso me lo confermò. Un metodo troppo casereccio rispetto a quello che invece si è poi affermato negli anni successivi. Casereccio e anche, lasciatemelo dire, non legale secondo le norme attuali, sebbene lei avesse iniziato a usarlo molto tempo prima.

In Spagna, come in California, a Londra come in Ucraina, ci sono cliniche ultraspecializzate dove la fecondazione assistita viene realizzata con le tecniche più avanzate e dove i donatori, le donatrici e gli uteri in affitto vengono selezionati con metodi scientifici. I loro dati sono riservati e racchiusi in cartelle *top secret*. Ci sono le foto, le misure anatomiche, i tratti psicologici, i quozienti di intelligenza, lo screening genetico e persino il profilo di personalità. Se il donatore o la donatrice ha già messo al mondo dei figli, nella cartella si riferisce anche di questi ultimi, della loro salute fisica e mentale e dell'assenza di tare genetiche. Nulla viene tralasciato.

La donazione in questi centri internazionali può essere aperta o chiusa. Nel primo caso il donatore firma il consenso a perdere il proprio anonimato e a rendere manifesta la propria identità qualora il nascituro, diventato adulto, decidesse di contattarlo o conoscerlo. Viene anche fissata un'età, che può essere diciotto o venticinque anni. Nel secondo caso invece il "signore gentile" che dona il proprio seme non accetta di essere riconosciuto né dal bambino né dai suoi genitori.

Il costo dell'operazione nei grandi centri specializzati è elevato, si intende, e questo deve essere stato uno dei motivi per cui Margherita, che faceva il suo lavoro per passione e non con l'obiettivo di arricchirsi, non si è mai adeguata alla prassi delle grandi cliniche, oltre al fatto che per abitudine era rimasta ancorata al suo reclutamento casereccio.

«Chiedo loro la massima sincerità e senso di responsabilità» mi aveva spiegato una volta, convinta che fosse una misura sufficiente. E per quanto riguarda l'identità del donatore, non si era mai posta il problema di renderla nota alla paziente che veniva ingravidata.

Ed eccomi a un bivio. L'angoscia di Olga poteva essere un indizio sufficiente? Poteva essere un movente valido per l'aggressione? Olga aveva veramente covato un tale risentimento nei confronti di Margherita? Il fatto che avesse disdetto l'appuntamento che Margherita aveva fissato per lei poteva essere un ulteriore indizio? Poteva, questa specie di atto mancato, indicare che aveva deciso di imboccare un'altra strada, più sbrigativa e risolutiva, dettata da un impulso incontenibile?

In realtà tutto è possibile nel campo del dissesto mentale. Nei voluminosi testi di psichiatria viene descritto ogni tipo di stravaganza: da chi urla a squarciagola in preda al panico alla vista di una gallina scappata dal pollaio, a chi ha conati di vomito davanti a un posacenere ricolmo di cicche; da chi teme, per una improvvisa perdita di memoria, di poter accoltellare le persone a lui più care nel cuore della notte, a chi, pur essendo ridotta a pelle e ossa per i continui digiuni, continua a vedersi grassa ogni volta che osserva il suo corpo scheletrico riflesso nello specchio.

Prendiamo la depressione post partum, per esempio. Nelle forme lievi si tratta di una tristezza che si risolve nel giro di qualche giorno, nelle forme più accentuate invece può confondere la mente di una neomamma che, preda degli ormoni del parto e dello sconforto può fissarsi su una disgrazia incombente o anche su una imperfezione del neonato, da un neo su una guancia alla sindattilia, appunto.

Se Olga fosse approdata nel mio studio avrei potuto comprendere se si trattava di una depressione non guarita o di una sindrome ossessivo-compulsiva che l'aveva man mano portata a vedere in Margherita una nemica da combattere, da avversare o al limite da annientare. Ci sono dei deliri che si autoalimentano. All'inizio "la cosa" sembra insignificante, una bazzecola fastidiosa che puoi allontanare e persino schiacciare come una zanzara che insiste a ronzarti nell'orecchio; ma col trascorrere del tempo "la cosa", oggetto di riflessioni continue, si ingigantisce come una valanga di neve e ghiaccio che ruzzola a valle fino a travolgere ogni barlume di razionalità.

Dovevo decidere se raccontare a Cigoli le mie elaborazioni su Olga oppure lasciar perdere. Optai per la prima soluzione. *In fondo, Olga non è stata una mia paziente per sua libera scelta*, conclusi, *non infrango quindi nessun segreto professionale raccontando ciò che so di lei.*

Magari risulterà irrilevante, pensai, meglio però metterlo al corrente del rapporto difficile che si era creato, negli ultimi tempi, tra Olga e la sua "titolare" a causa del difetto fisico della piccola Gioia. Alla fine era lui il segugio che doveva distinguere le tracce utili da quelle fasulle.

8

Un possibile indizio?

Al termine della telefonata in cui lo aggiornai per sommi capi sulla ricostruzione che avevo fatto della storia di Olga, Cigoli mi assicurò che l'avrebbe fatta tenere sotto osservazione da una sua confidente di fiducia, una donna di mezza età di cui si serviva qualche volta nei pedinamenti. Una tipa determinata e dalla personalità estroversa, che avrebbe cercato di avvicinarla "casualmente" parlandole del più e del meno, magari al supermercato, al bar o in un negozio di alimentari sotto casa.

«Quando era più giovane questa nostra collaboratrice, che è nata in un ambiente difficile, ha fatto "il mestiere" per qualche anno e questo ha affinato la sua capacità di comprendere le persone e di avvicinarle in modo amichevole, senza insospettirle. Si esprime in italiano ma anche in romanaccio in modo convincente» raccontò tranquillamente, come se si trattasse di un iter normale per una confidente o addirittura necessario.

Quante strade finiscono per essere utilizzate nel corso delle indagini, pensai, e assorta in questa riflessione non commentai, anche se avrei voluto farlo, né cercai di saperne di più sull'esperta pedinatrice, per non divagare su un tema controverso che avrebbe potuto sviarci.

Aggiunse poi che il giorno stesso si sarebbe recato all'ospedale nel reparto in cui Margherita era ricoverata. La dottoressa che l'aveva in cura gli aveva concesso di rivolgerle qualche parola. Nelle ultime ventiquattr'ore, infatti, Margherita aveva aperto gli occhi un paio di volte borbottando qualcosa.

Anche se non era cosciente, magari qualcuno sarebbe stato in grado di decifrare il suo borbottio e trarre così qualche indizio sulla persona che l'aveva ridotta in fin di vita.

«Ho un appuntamento per le diciassette e trenta, non solo per me ma anche per lei.»

«Anche per me?!» Mi stupii che si fosse preso quel tipo di libertà senza chiedere, ma tutto sommato non mi dispiacque. Avrei potuto vedere con i miei occhi in quale stato si trovava Margherita. E, lo ammetto, quegli incontri di lavoro col commissario incominciavano a piacermi. Mi piacevano i suoi modi galanti, la voce calda, lo sguardo diretto e avvolgente. Non mi dispiaceva, tutto sommato, di essere diventata una specie di sua consulente.

«Ho bisogno di lei, dottoressa Marras, e so che non si tirerà indietro. Ormai la conosco.»

«Buon per lei che mi conosce» fu la mia battuta spontanea «ma preferirei non essere così prevedibile.»

Saggiamente non commentò questa annotazione che stava scivolando troppo sul personale. Meglio tenere le distanze.

«Prima agiamo e meglio è. Più passano i giorni e più diventa difficile trovare il colpevole, che nel frattempo può allontanarsi, far perdere le tracce e anche cancellarle.»

«Non so come posso esserle utile, commissario» esitai, tanto per non mostrarmi subito accondiscendente.

«Lo vedrà. Lo vedrà» tagliò corto. «Se la dottoressa Damiani dirà qualcosa, lei che la conosce, che è abituata alla sua voce, che conosce alcune persone dell'ambiente di lavoro e che per di più è psicoterapeuta, potrà aiutarmi a decodificare il messaggio che ci potrebbe inviare.»

«Se ci sarà un messaggio...» aggiunsi dubbiosa.

«Dobbiamo provarci. Serve anche che ci sia una voce amica, come la sua, per incoraggiarla a parlare.»

«D'accordo, sarò puntuale.»

Chiesi a Marisa di spostare i due ultimi appuntamenti della giornata e siccome lei, curiosa come sempre, volle sapere il motivo, senza star troppo a pensare, le dissi della visita al policlinico.

Quando arrivai al capezzale c'erano già, in attesa, il commissario e una dottoressa, un po' sovrappeso e dall'aspetto rassicurante. Quest'ultima teneva la mano sinistra di Margherita e guardava la sua paziente con un'espressione professionale ma non distaccata. Nel voltarsi verso di me abbozzò un sorriso e si presentò.

Dopo un paio di minuti ci raggiunse il primario, un uomo di circa sessant'anni, capelli brizzolati e fonendoscopio appeso al collo, che – ci disse – ci teneva a essere presente e informato.

Dal resoconto sintetico che il commissario fece, a bassa voce, ai due medici venni a sapere che il giorno dell'aggressione, intorno alle nove di sera, la donna delle pulizie aveva trovato Margherita riversa sul pavimento del suo studio in una pozza di sangue con gli occhi sbarrati e un taglio che le attraversava il viso dalla fronte al mento. Il naso era tumefatto. Le labbra ricoperte di sangue rappreso e saliva. Dalla bocca le uscivano dei suoni gutturali lamentosi e continui. Abbandonato accanto a lei c'era, inquietante, minaccioso e ricoperto da larghe chiazze di sangue, quel blocco di sienite. L'urlo terrorizzato della donna che scendeva per le scale correndo aveva mobilitato tutti gli inquilini del palazzo compreso il benzinaio che ha la pompa di fronte allo stabile, dall'altro lato della strada. Questi, un marocchino di quarant'anni, aveva chiamato immediatamente il centodiciotto e di lì a poco erano arrivate la polizia e un'autoambulanza.

«Sì, è stato un colpo molto violento. Le hanno spaccato l'osso frontale, il setto nasale, l'osso mascellare superiore e quattro denti. Quando è arrivata da noi aveva perso molto sangue e l'abbiamo ripresa per i capelli facendole trasfusioni e riportando la pressione arteriosa a valori accettabili con la somministrazione di sedativi» spiegò la dottoressa rivolta al primario. Poi aggiunse: «Preoccupa soprattutto un grosso ematoma a livello occipitale prodotto dal contraccolpo. Ora è in coma farmacologico» disse poi guardando me e il commissario. «Di tanto in tanto pronuncia una sillaba che per me non significa nulla, che però è sempre la stessa. Potrebbe essere una stereotipia provocata da un coinvolgimento dei lobi frontali oppure una parola vera e propria che non riesce a pronunciare dettata dal desiderio di voler comunicare. Può darsi che per voi significhi qualcosa.»

La testa di Margherita era fasciata come quella di una mummia. Dai due buchi degli occhi si intravedevano le palpebre. Testa e spalle erano circondate da cavi, cannule, flebo. Il corpo era immobile, ma una pallina arancione nel tubicino collegato all'erogatore di ossigeno si alzava e abbassava al ritmo del respiro.

«Ci può sentire?» chiese il commissario a voce bassa.

«Non lo sappiamo» rispose la dottoressa. «Quando però le si sfiora la mano può avere un piccolo sussulto e pronunciare quella sillaba.»

Dopo averci informati, la dottoressa liberò la mano di Margherita dalla sua e l'adagiò delicatamente sul lenzuolo. Indietreggiò poi di due passi per farci spazio. La mano era grande, esangue e pallidissima, con le unghie curate e tutte le vene in rilievo. Una mano ben diversa dal temperamento vitale di Margherita. Provai un moto improvviso di compassione e sentii gli occhi riempirsi di lacrime.

«Nessun parente è venuto a trovarla o a cercarla?» domandai a bassa voce.

«Un signore che ha detto di essere il marito, dopo qualche ora dal ricovero nel cuore della notte. Il medico di guardia ha riferito che era molto agitato, ma siccome non aveva con sé i documenti che provassero il suo rapporto di parentela con la paziente non gli ha consentito di entrare. E siccome lui protestava e non voleva darsi per vinto il medico gli ha somministrato un leggero sedativo. L'uomo ha poi dormito per un paio d'ore nell'atrio su una sedia a rotelle, di quelle che usiamo per chi non riesce a deambulare, e quando si è svegliato se ne è andato brontolando senza lasciare messaggi.»

«Possiamo prenderle la mano e chiamarla per nome?» si informò il commissario rivolgendosi al primario.

«Certamente. Piano. Senza scuoterla. Vediamo come reagisce. Chi di voi vuole farlo?» domandò il primario rivolgendosi a entrambi.

«Meglio la dottoressa Marras,» rispose Cigoli «è per questo che le ho chiesto di venire, si conoscono da molto tempo. La paziente potrebbe riconoscere la voce della dottoressa che tra l'altro è anche psicoterapeuta.» Nel pronunciare queste parole mi afferrò il braccio al di sopra del gomito sospingendomi in avanti come a pilotarmi. Un contatto che giudicai invadente e da cui cercai di sciogliermi con un leggero movimento. Lui però non capì, o fece finta di non capire, e non mollò la presa. La mano di Cigoli scivolò poi lentamente lungo l'avambraccio fino al polso in una specie di carezza quando raggiunsi la sponda del letto.

Dapprima esitai, poi toccai la mano fredda di Margherita

abbandonata sulla coperta. Guardai allarmata la dottoressa che mi fece un cenno di incoraggiamento. La sollevai un poco, la accarezzai lievemente, una, due, tre volte, finché avvertii un micro movimento del dito medio. «Margherita... mi senti?» sussurrai. «Sono Vanda.»

«Sono Vanda» ripetei altre due volte. Ora tenevo la sua mano tra le mie come avvolta in una conchiglia e cercavo di avvicinare la mia bocca al suo orecchio.

Qualcosa percepiva perché le sue palpebre, imprigionate nella maschera di garza e cotone, ebbero dei palpiti, leggeri ma pur sempre dei palpiti.

La chiamai di nuovo, ripetei il mio nome e rimasi in attesa. Ed ecco emergere dalla feritoia in coincidenza con le labbra un suono, strascicato: «... gist...».

Mi voltai verso la dottoressa «È questa la sillaba che ripete?»

«Più o meno, a volte forse è un po' più lunga ma confusa.»

Avvicinai le labbra all'orecchio di Margherita: «Gist... gist...» dissi in tono suadente.

«... Gi... sto...»

«Gisto?» ripetei per sollecitarla.

«... E... gi... sto.»

Mi girai verso il commissario per verificare se aveva capito anche lui ciò che avevo inteso io.

«Egisto!» Cigoli mi lanciò un'occhiata di intesa. «Il nome del marito.»

«Dell'ex convivente» lo corressi. «Non so però se si possono interpretare così delle sillabe strascicate» commentai titubante. «Ha la mascella rotta e le mancano quattro denti.»

«Chi sarebbe questo Egisto?» si informò il primario.

«È l'uomo che è venuto al reparto questa notte. Ha fatto bene il medico di guardia a non lasciarlo entrare. Se dovesse tornare bisognerà bloccarlo. Assolutamente. Se l'aggressore è lui potrebbe cercare di colpirla ancora, qui in ospedale» spiegò Cigoli.

«Certamente verrà bloccato. Se torna la faccio chiamare immediatamente, commissario. Avviserò subito i medici di guardia» assicurò il primario.

«Le abbiamo chiesto molto» subentrò di lì a poco la dottoressa, rivolgendo uno sguardo carico di compassione a Margherita. «Ora deve riposare. È molto grave. Le emozioni potrebbero farle male. Semmai, se nei prossimi giorni migliora, potremo ripetere, ma non posso garantire nulla.»

«Sì, è sotto sedazione ma non profonda, potrebbe agitarsi» assentì il primario. «La situazione è in evoluzione e il quadro clinico può cambiare di ora in ora.»

Provavo un forte disagio nel vedere Margherita in quelle condizioni, immobile e irriconoscibile, lei che era sempre stata intraprendente e piena di vita. Per non disturbarla le inviai un bacio da lontano.

Ringraziammo e salutammo i due medici per il loro supporto e la loro disponibilità.

Nel congedarmi dalla dottoressa le chiesi sottovoce che tipo di scarpe indossasse Margherita quando era arrivata al pronto soccorso. Lei sorpresa mi fissò qualche istante prima di rispondere. «Non saprei, qui non vedo scarpe» disse guardandosi intorno e anche sotto al letto. «Bisognerebbe chiedere a chi l'ha accolta, a chi era di turno quella sera, saranno in deposito… potrei occuparmene… ma è importante?»

«Sì, no, be'… chiedevo così perché…»

«Perché?»

«Perché le piacevano le scarpe con i tacchi a spillo» sussurrai.

Non colse l'importanza della questione e mi congedò con un sorriso di cortesia, superficiale e rapido.

Mentre uscivamo affiancati dal reparto, percorrendo un lungo corridoio su cui si aprivano una serie di finestroni a vetri smerigliati che sprigionavano lampi di luce colorati, Cigoli mi espresse la sua soddisfazione per come si era svolto l'incontro e per il risultato ottenuto. C'erano delle buone ragioni per ipotizzare che il convivente separato di Margherita fosse l'aggressore. Mancava la prova diretta, ma era lui il maggior sospettato in quel momento. Il movente? La gelosia, ovviamente, e all'origine della gelosia quel via vai di donatori.

«Lo farò pedinare» assicurò Cigoli fermandosi e mettendosi di fronte a me.

«Dalla stessa signora che pedinerà Olga?»

Deve aver trovato non pertinente o del tutto unitile questa domanda perché non rispose. Disse invece: «Vedremo di raccogliere altri elementi. Prima o poi lo incastreremo. Purtroppo, lo studio è pieno di impronte digitali e la pietra con cui la dottoressa è stata colpita è ricoperta dal suo sangue. Stiamo interrogando tutto il vicinato per raccogliere altri elementi utili. C'è sempre qualcuno nel quartiere che prima o dopo il fattaccio nota qualcosa di strano, qualcosa che sul momento non ritiene importante da segnalare ma che poi a distanza di tempo e ripensando a ciò che è accaduto, a ciò che ha letto sul giornale o sentito alla TV, si ricorda di un dettaglio, di una persona che era da quelle parti a quell'ora e incomincia a fare delle associazioni tra fatti, sensazioni, suoni e movimenti che man mano lo portano a imboccare una pista. Stiamo anche analizzando le registrazioni delle telecamere in strada di quella sera».

Fece più o meno questo discorso guardandomi sempre dritto negli occhi, come quel professore junghiano che tanto affascinava le studentesse mie coetanee. Io, invece, avevo cercato più volte di distogliere lo sguardo da quegli occhi troppo indiscreti.

Mi sentii sollevata, perciò, quando usciti fuori dal policlinico, fu raggiunto da una telefonata. Mi affrettai verso la mia Cinquecento facendogli segno di non volerlo disturbare. Lui invece mi fece cenno di aspettarlo, però misi in moto prima che potesse raggiungermi. Non saprei dire se l'espressione che gli comparve in viso in quel momento fosse più di sorpresa o di disdetta.

Durante il viaggio di ritorno, accostando le tessere del puzzle di cui disponevo fino a quel momento, mi sforzai di imbastire una spiegazione plausibile. Poteva essere un femminicidio in piena regola. In fondo gli ingredienti c'erano tutti: la gelosia, la violenza, lo stalking.

Sapevo dei trascorsi di Egisto con Margherita. Sapevo di quando ragazzino picchiava la sorella provando un piacere sadico. Sapevo del padre che maltrattava la madre, un tratto ricorrente in molti uomini violenti con le donne. Eppure, più riflettevo meno riuscivo a immaginarlo come l'assassino di Margherita. Non perché gli mancasse la spinta psicologica, ma per due motivi concreti: il suo aspetto fisico e la dinamica dell'aggressione.

Tondetto, più basso di Margherita, braccia corte, mani piccole e grassocce. Margherita era una donna robusta con braccia lunghe e mani grandi, difficile che in una colluttazione *vis-à-vis* lui potesse riuscire ad avere la meglio. Senza contare che da un paio d'anni Margherita faceva *body pump* in palestra per potenziare la muscolatura. La forma fisica per lei era anche un'arma di difesa. «Basta col vittimismo! Noi donne abbiamo sempre dato per scontato che loro sono i più forti, ma non è così» aveva declamato una volta dopo aver letto su un quotidiano la vicenda di una donna picchiata dall'amante geloso. «Dobbiamo imparare a difenderci anche sul piano fisico». Certo lui avrebbe potuto coglierla di sorpresa, alle spalle. Ma Margherita era stata colpita in pieno viso. Il colpo le aveva sfondato l'osso frontale, fracassato il naso, la mascella e abbattuto i due incisivi superiori e i due inferiori.

E per quanto riguarda la dinamica dell'incidente, c'era la possibilità, molto realistica secondo me, che Margherita fosse incespicata nei tacchi mentre lui la minacciava con il sasso di sienite. Che l'avanzare furioso di lui si fosse scontrato con una scivolata di lei.

9

Il registro segreto

Cercando di immaginare lo svolgimento dell'aggressione – l'entrata di lui nello studio e la reazione di lei, il pretesto usato da lui e la risposta di lei – me ne tornai nella mia stanza, immersa in una specie di nuvola nera, densa di ipotesi e di alternative.

Dopo avere ascoltato i messaggi nella segreteria fui chiamata, al telefono interno, da Marisa, curiosa di sapere. «Salve dottoressa, allora com'è andata al policlinico?»

«Ciao Marisa, Margherita è piuttosto malconcia, poveretta, ma è assistita da una dottoressa molto coscienziosa.»

«Parla? Dice qualcosa?»

«Nulla di comprensibile, soltanto dei suoni.» Non volevo certamente far circolare il nome di Egisto. Marisa avrebbe telefonato immediatamente alla Belotti creando un cortocircuito inarrestabile. Le chiesi invece quale scusa avesse accampato Olga per disdire la seduta.

«Che scusa ha accampato? Mmm... la scusa precisa non la ricordo...» tergiversò. Poi, però si sbottonò: «Mi ha raccontato di essere ai ferri corti con la sua capa perché l'aveva sorpresa mentre stava aprendo l'armadio dove lei tiene i registri. Era offesa per la scenata che le aveva fatto».

Sapevo del grande armadio dove Margherita teneva i registri con i dati dei donatori, il loro profilo biologico, gli esiti delle fecondazioni e i nomi delle donne fecondate. Pare che Margherita avesse vietato a chiunque di aprire quell'armadio di cui soltanto lei aveva la chiave. Non voleva assolutamente che altri mettessero mano a quei registri. Neppure l'infermiera poteva toccarli. Dovevano restare segreti. Pena la credibilità del suo lavoro. Olga invece aveva insistito per saperne di più sul "suo" donatore.

«Voleva scoprire» continuò Marisa «se il difetto trasmesso alla bambina circolava già nella famiglia di quell'uomo. La dottoressa però è stata irremovibile e le ha fatto il solito discorsetto sui "signori gentili" che non vogliono essere rintracciati. Solo qualcuno accetta di essere individuato ma non è questo il caso di Gioia»

Margherita, dunque, irritata per l'iniziativa di Olga, non le aveva lasciato nessuna possibilità di negoziare. Anzi, le aveva intimato di non avvicinarsi mai a quell'armadio.

Dopo ciò che io e il commissario avevamo ascoltato al capezzale di Margherita in ospedale, Egisto era balzato con prepotenza al ruolo di sospettato numero uno, ma quest'ultima informazione di Marisa rimescolava le carte. Per evitare di arenarmi in ipotesi confuse e senza via d'uscita, che mi avrebbero provocato un feroce mal di testa, cercai di passare ad altro. *Se la vedrà Cigoli, è lui lo Sherlock Holmes della situazione, non io.*

Presi dal cassetto della scrivania il registratore con il caso che avevo affidato a Simona, che avevo lasciato a metà per rispondere alla telefonata del commissario. Sprofondai nella mia poltrona preferita, attivai il nastro nel punto in cui l'avevo interrotto, tornando indietro all'ultimo passaggio per riprendere così il filo del discorso.

"So che cosa pensa ma non sono pazza, non ho bisogno delle

vostre cure. Non so perché la dottoressa Damiani mi abbia mandata da voi, non ho bisogno di psicoterapia, ho soltanto bisogno di sapere chi è quell'uomo e come rintracciarlo. Mi basterebbe il numero di telefono oppure la mail."

"Non so come aiutarla" era stata la risposta dispiaciuta di Simona.

"È semplice. La dottoressa Damiani ha un registro su cui annota il giorno della fecondazione, il nome del donatore, le sue caratteristiche, l'indirizzo e il numero di telefono. L'ho vista scrivere su quelle schede durante una visita. Non si tratta delle cartelle cliniche che custodisce l'infermiera con l'indicazione dei farmaci e i risultati delle ecografie ma di un registro che tiene sottochiave in un armadio a vetri, dietro la sua scrivania. Basterebbe dare un'occhiata a quello dell'anno in cui ho fatto la fecondazione. Magari con una scusa. Non deve essere difficile per voi psicoterapeute trovare una scusa, anzi un valido motivo... per esempio che il non conoscere il donatore mi rende ansiosa, molto ansiosa e che questa ansia si riversa su mio marito e su mio figlio. Io gliel'ho chiesto, non una ma più volte, e ho sempre ricevuto un rifiuto. Per voi che lavorate insieme è sicuramente più facile."

Nell'udire la parola registro, trasalii. Battei una mano sul bracciolo della poltrona. «Di nuovo il registro!» esclamai riprendendo ad ascoltare il nastro.

"Non so cosa dirle" rispose titubante Simona. "Posso però sentire cosa ne pensa la dottoressa Marras." Dopo una breve interruzione in cui deve aver pensato cosa dire e come dirlo, aggiunse: "Non sapevo di quel registro. Immagino che se la dottoressa lo tiene gelosamente chiuso a chiave dietro la sua scrivania ci sarà un motivo, sarà sicuramente una questione di privacy".

"Ma si rende conto," Adelia alzò la voce "Si rende conto del paradosso?"

Simona non rispose. Forse era allarmata. Forse scuoteva il capo non sapendo che dire. Forse la stava osservando intimorita.

"Che diritto ha la dottoressa Damiani di mantenere l'anonimato tra due persone che si scambiano i loro fluidi, che entrano tra di loro nel rapporto più intimo che ci sia al mondo? Che diritto ha la dottoressa di mantenerli estranei l'uno all'altra?" il tono era sempre più acceso.

"Ma..." tentò di inserirsi Simona.

"Non c'è ma che tenga, cara la mia ragazza. Io voglio sapere chi è stato il mio partner e nostro figlio vorrà sapere prima o poi chi è suo padre. Si crede forse Dio la dottoressa Damiani!!"

La voce di Adelia si era fatta stridula. Sentii il fracasso di una sedia battuta in terra tre volte con forza e per un attimo temetti per Simona. Fu la sensazione di un momento che però superai all'istante: se Simona mi aveva recapitato il nastro voleva dire che non le era successo nulla di male. Quella sensazione però indicava chiaramente che Adelia aveva degli attacchi di rabbia che potevano renderla temibile.

Simona pensò bene di chiudere rapidamente la seduta scaricando su di me il problema: "Ne parlerò con la dottoressa Marras, le farò sapere".

"Al più presto, però. Non intendo aspettare oltre. La questione va risolta una volta per tutte. È da troppo tempo che aspetto. Gli anni passano e la fertilità diminuisce."

Un attimo prima che Simona interrompesse la registrazione udii lo *slam* di una porta sbattuta con violenza.

Quello *slam* isterico, come un lampo improvviso tra cumuli di nuvole nere, illuminò quello che si stava delineando sempre più distintamente nel mio cervello: sia Olga che Adelia erano a caccia delle informazioni che Margherita teneva ben custodite nell'armadio.

Intrappolati in un vortice di risentimenti, di estrogeni e di progesterone, i desideri di queste due donne ruotavano intorno a un oggetto irraggiungibile, lo stesso per entrambe.

Bisognava tornare al più presto da Margherita per ascoltare nuovamente quello strano suono che ci aveva fatto pensare a Egisto come all'aggressore.

Nell'impatto con il blocco di sienite Margherita aveva perso quattro denti, il che rendeva difficile la pronuncia di alcuni suoni. Per non parlare della mandibola e del suo stato di coscienza velata da quel grosso ematoma che le si era incastrato nel cervello.

Chissà se voleva proprio dire Egisto o qualcos'altro, per esempio registro. Difficile pronunciare correttamente la *erre* se mancano gli incisivi superiori.

Era tra la vita e la morte, e se non ce l'avesse fatta non avremmo mai saputo che cosa volesse dirci veramente. Bisognava affrettarsi ad assemblare tutti gli indizi. Fare tutto il possibile per individuare l'assassino potenziale. Bisognava tornare al più presto in ospedale.

10

Le mamme di Camillo

Dei registri avevo sentito parlare anche da Camillo, il ragazzo di sedici anni che mi era stato inviato per l'appunto da Margherita, d'accordo con sua madre.

«È un ragazzo dolce, vedrai, ma si è fissato...» mi aveva spiegato al telefono. «Sua madre lo vede svagato e ha chiesto una consulenza psicologica. Vedi se riesci a sciogliere quel *loop* che ha nella testa. Camillo è sempre stato sereno fino a quando le sue due mamme non si sono separate e la numero due se ne è andata a vivere in Argentina con una nuova compagna. Non l'ha abbandonato del tutto, lo chiama via Skype, gli invia dei regali, lo incoraggia a trascorrere le estati con lei a Buenos Aires. Ma non è questo il punto. Il punto è il donatore. Mentre la mamma numero uno è convinta che il ragazzo soffra per l'abbandono della mamma numero due, il che in parte è vero, il rovello di Camillo però è un altro. È venuto in studio, all'insaputa della mamma, per chiedermi l'indirizzo "dell'uomo che mi ha generato". Le sue due madri gli avevano sempre detto che non era importante conoscerlo, che quell'uomo non faceva parte della sua vita, che un donatore è una creatura gentile che fa la sua funzione e poi scompare, vola via; ma ora lui insiste per incontrarlo. Sua madre non sarebbe d'accordo, e neppure io perché mi sono impegnata a mantenere l'anonimato con il donatore. Ho provato a dirgli che non ci deve pensare, che venire al mondo con la fecondazione eterologa è un modo di nascere come un altro. Non sono però riuscita a convincerlo. Vedi tu se con il tuo *savoir faire* terapeutico riesci a tranquillizzarlo.»

Per il primo appuntamento con Camillo avevo pronto il classico discorsetto che avevo già fatto ad altri ragazzi adottati che non sapevano nulla dei propri genitori biologici e che mai avrebbero potuto saperlo. Un discorso che si adatta perfettamente ai figli della provetta. Loro si sentono deprivati di un tassello iniziale del puzzle della loro vita, anche se in realtà, a ben guardare, siamo tutti figli del caso. Basta ampliare il punto di osservazione per rendersene conto. Anche quando i genitori biologici sono quegli stessi che allevano i figli, bisogna riconoscere che l'unione dell'uovo di lei con lo spermatozoo di lui è frutto di una combinazione del tutto accidentale, casuale e imprevedibile. Siamo nati noi, ma al nostro posto sarebbe potuto nascere qualcun altro, una persona completamente diversa, un fratello o una sorella con tutt'altre caratteristiche. Qualcuno peggiore o, al contrario, migliore di noi. Siamo tutti figli del caso. Basta lasciar spaziare lo sguardo tra le centinaia di migliaia di corpi celesti in una notte stellata per convincersi di quanto infinite, imprevedibili e incalcolabili siano le possibilità di vita.

Il problema per Camillo però era differente. Lui si lamentava della convivenza con una mamma depressa e del suo bisogno di avere un genitore di rincalzo. Proprio così mi disse, "di rincalzo".

«Ho sempre saputo che c'era un'altra persona da qualche parte, quello che per mettermi al mondo ha dato il suo sperma. In casa lo chiamavamo il signore gentile. Ma fino a ora non avevo mai desiderato conoscerlo, né sapere dove abitava o come viveva. Se aveva una famiglia oppure no. Mi era del tutto indifferente, non ne sentivo la necessità e tanto meno la mancanza. In casa c'erano due genitori. Il nostro triangolo funzionava bene. Nives e Milly erano allegre e affettuose, risolute e ferme quando necessario. Non ho mai sentito il bisogno di un altro genitore fino a quando Milly non è partita per Buenos Aires. Ora ho una specie di buco da colmare.»

Camillo era un ragazzo maturo per la sua età e usava un linguaggio appropriato, corretto e ricco di vocaboli anche inusuali come pleonastico, catartico, misogino. Le sue due mamme erano state brave nel dargli una cultura, una educazione e anche una formazione morale.

«Ho sempre letto molto e non ho i pregiudizi che hanno alcuni dei miei compagni. Nives e Milly mi hanno insegnato a non fare il bullo, ma anche a difendermi con intelligenza e senso dell'umorismo da chi cerca di farmi sentire inferiore perché ho una famiglia diversa dalla loro. Adesso che Milly se n'è andata e Nives è depressa io vorrei conoscere quell'uomo. In certi momenti, quando sono a letto prima di addormentarmi, immagino che possa prendere il posto di Milly, anche se so che non ne ho il diritto perché magari ha una sua famiglia, un suo mondo diverso dal mio… e non sa neppure della mia esistenza.» Fece una pausa e tirò su col naso.

Gli tesi un fazzoletto. Lui lo afferrò con un sorriso timido e si soffiò il naso con energia.

«Se sapessi chi è, cosa fa e dove vive potrei andare a trovarlo. Non mi importa se è etero o omosessuale, io a queste cose non bado. Non gli darei fastidio. Vorrei soltanto che mi conoscesse, che sapesse chi sono. Che mi guardasse in faccia almeno una volta. Vorrei anche vedere se gli assomiglio. Se ho preso da lui questa gobba che ho sul naso» si mise di profilo e posò l'indice della mano destra sulla parte superiore del naso: «Vede dottoressa prima avevo un naso diverso, quasi alla francese, poi con la pubertà è venuta man mano fuori questa gobba...».

«Vedo, però non ti sta male, anzi, ti rende più adulto.»

«Già, è quello che dicono tutti» rispose con una punta di polemica.

«Lo dicono tutti perché un naso come il tuo attribuisce un carattere al volto, più determinato, più affidabile di un nasino alla francese su un volto maschile.»

Pausa.

«Mi piacerebbe anche sapere se lui ha le dita affusolate come le mie. Qualcuno mi ha detto che queste dita e questo naso vanno di pari passo.»

«Questo proprio non saprei» risposi, divertita per l'insolito collegamento.

«Sono dita da pianista» disse mostrandomele.

«Suoni il pianoforte?»

«Ho iniziato a quattro anni e suono nell'orchestra della scuola. Un liceo musicale.»

«Ti piace suonare?»

«Molto.» Poi, guardandomi con un sorriso imbarazzato che mi commosse: «Siccome Nives e Milly non hanno l'orecchio musicale che ho io, mi sono sempre domandato se il signore gentile suona, per caso, anche lui uno strumento.»

Mi toccò dunque il compito ingrato di spiegare la differenza tra donazione anonima e donazione aperta. Il donatore aperto firma il consenso a perdere il proprio anonimato e a rendere manifesta la propria identità qualora il nascituro, diventato adulto, decidesse di contattarlo. Nel caso di donazione anonima, invece, né i genitori né il bambino potranno mai sapere chi è *il signore gentile* che ha donato il proprio seme o *la fata gentile* che ha donato il proprio ovulo. Di loro si potrà conoscere soltanto l'identità genetica e alcuni aspetti fenotipici.

Può nascere dunque uno scontro tra il diritto di chi vuole sapere e il diritto di chi non vuole essere riconosciuto, ossia quello del donatore che non intende stabilire alcuna relazione con il ricevente né con colui che nascerà e che interpreta il dono del proprio seme come un atto che non presuppone reciprocità.

«Capisco. Capisco bene. Non posso però pensare che quell'uomo abbia donato i suoi gameti per quattro soldi e non voglia sapere a che cosa ha dato origine» commentò con un'espressione seria sul viso.

Difficile controbattere a un'affermazione del genere. Mi ero impegnata a parlarne con Margherita e a rimettermi in contatto con lui non appena avessi avuto qualche elemento in più per aiutarlo. Era, da parte mia, un modo per prendere tempo perché, conoscendo la posizione intransigente di Margherita, consideravo molto difficile esaudire il desiderio di Camillo.

Nel frattempo, però, era successo quello che era successo. Margherita era tra la vita e la morte, più morta che viva, e io mi ritrovavo al centro di un romanzo di Agatha Christie, dove tutti i personaggi che incontravo andavano a caccia di un registro.

11

Un passo in avanti

«Commissario, sono Vanda Marras.» Quella volta fui io a chiamare Cigoli al telefono.

«Oh, dottoressa. Che piacere sentirla! Tutto bene? Ci sono delle novità?»

«Sì, forse la parola che la dottoressa Damiani ha cercato di pronunciare non è Egisto, ma un'altra che le assomiglia. Bisognerebbe tornare in ospedale, finché...»

«Finché è viva, intende?»

«Sì, finché è viva» risposi mestamente.

«Possiamo andarci insieme anche questo pomeriggio. Ho il lasciapassare del primario. Basta avvisare la dottoressa con un colpo di telefono. Nel frattempo, cara dottoressa, anch'io ho elementi nuovi che le illustrerò non appena ci vedremo.»

«Si tratta di un registro per caso?» chiesi incuriosita.

«Bingo! E come lo sa?» rispose lui sorpreso, ma subito aggiunse: «Comunque ora non posso dilungarmi. Meglio parlarne a voce. Vediamoci al bar di fronte all'entrata principale del policlinico».

E così facemmo. Ci incontrammo in un angolo del baretto disadorno di fronte al policlinico dove di notte le prostitute che esercitano tra il viale dell'ospedale e la stazione Termini si ristorano con un panino alla mortadella e un tè bollente.

«C'era una persona questa mattina seduta davanti a me e non potevo parlare» esordì Cigoli dopo che ci fummo seduti uno di fronte all'altra. Sebbene non fosse la prima volta che eravamo seduti così vicini, solo allora notai che i suoi occhi castani avevano dei riflessi verdi. *Accidenti, il commissario rientra a pieno titolo nel mio ideale di bellezza maschile.*

Lui ordinò una birra. Io una spremuta di carote. Fa bene alla pelle e la preferisco a quella di arance perché quando sono tesa mi crea acidità di stomaco.

Cigoli posò sul tavolino di vetro una cartella professionale di pelle nera, la stessa che aveva il giorno in cui fece il terzo grado a Olga. Questa volta però non la capovolse con un gesto brusco, al contrario ne estrasse lentamente un foglio spiegazzato e macchiato in più punti che posò al centro del tavolo e lisciò accuratamente con le mani. A un primo sguardo mi sembrò una pagina tratta da qualche atto a uso d'ufficio.

«Ci stiamo avvicinando alla verità» disse piantando i suoi occhi intensi nei miei e lisciandosi un baffo.

«La nostra confidente ha raccolto elementi molto significativi. È una donna di grande acume. Poca scuola ma molta esperienza di vita. Ha parlato con tutti i negozianti del quartiere e in particolare con l'aiutante del benzinaio che quella notte ha chiamato il centodiciotto. Il benzinaio è rientrato in Marocco per alcune settimane a trovare la famiglia e questo suo sostituto, un cugino, ha consegnato questo foglio alla mia collaboratrice.»

Vi posò sopra una mano e lo orientò verso di me. Tra le macchie d'acqua e di fango si poteva intravedere una griglia in cui erano inseriti nomi, numeri e sigle scritte a volte con la biro, a volte a matita.

«In un italiano molto elementare, date le origini,» continuò Cigoli «l'uomo ha raccontato che suo cugino quella sera aveva visto uscire di corsa dal portone del palazzo, dove c'è lo studio della dottoressa Damiani, un giovane alto e di bell'aspetto in scarpe da ginnastica e abito sportivo con sotto il braccio un grosso quaderno dalla copertina marezzata bianca e nera. Senza mai smettere di correre il giovane aveva attraversato la strada rischiando di finire contro un SUV, che per scansarlo aveva dovuto inchiodare, poi era saltato su un motorino parcheggiato a pochi metri dalla pompa di benzina. Nell'avviare il motorino il quaderno gli era scivolato a terra e cadendo si era aperto e sfasciato. Molti fogli erano volati al centro della carreggiata e sul marciapiede. Il cugino lo aveva aiutato a raccoglierli, ma un foglio si era andato a infilare all'interno dell'ufficio del benzinaio, sotto uno sgabello. Era poi stato ritrovato la mattina successiva macchiato e sporco.»

«Dunque ci sarebbe stato un furto o qualcosa del genere…»

Cigoli fece di sì con il capo. Poi mi guardò in un modo del tutto fuori tema rispetto a ciò di cui stavamo parlando e in un punto del mio corpo che doveva rimanere off-limits.

Vinto l'imbarazzo per quello sguardo insistito sulla mia scollatura chiesi: «Ma che prova abbiamo che sia avvenuto nello studio della dottoressa Damiani?».

«Abbiamo due indizi. L'uomo ha raccontato che suo cugino aveva già visto altre volte il giovane parcheggiare il motorino non lontano dalla pompa di benzina ed entrare nel palazzo in cui c'è lo studio della ginecologa. L'altro indizio è in questo foglio. Osservi bene» disse facendo scorrere il dito indice in orizzontale lungo l'ampiezza del foglio. «Ci sono delle date, dei nomi, delle sigle e dei numeri da cui si intuisce che si tratta di informazioni dello studio, registrazioni a mano della dottoressa.»

Come avevo già avuto modo di notare in precedenza aveva le unghie pulite e ben curate. *Va a farsi la manicure*… mi dissi.

A farsi le mani o anche altri servizi? Non sono affari che ti riguardano, Vanda!

Presi il foglio tra le mani, lo sollevai e lo guardai attentamente. Lo girai. Anche sul retro c'erano nomi, numeri e sigle incolonnate. Non però con la precisione di un ragioniere o di un impiegato solerte, ma in modo rapido, tipico dei medici: a dimostrazione che a tenere quel registro era stata quasi certamente Margherita, non Egisto, Olga o altri. Il che faceva pensare a qualcosa di riservato che Margherita preferiva non delegare ad altri ma gestire in proprio.

Dopo il ritrovamento di questo foglio non avevo più dubbi. Sapevo qual era la parola che Margherita aveva tentato di pronunciare con grande difficoltà. Decisi però di non rivelarla al mio commissario dagli occhi screziati di verde lasciando a lui il piacere della scoperta.

Grazie alla professione che esercito ho imparato a non intervenire d'impulso e a fare in modo che gli altri abbiano il loro spazio. Non è facilissimo perché comunicare le proprie scoperte genera un piacere a cui pochi sanno rinunciare, mentre lasciare questo piacere agli altri può produrre al massimo una distaccata soddisfazione.

Quando arrivammo al capezzale di Margherita la trovammo un po' più vigile della volta precedente. Possibile che ci aspettasse? Possibile che avesse udito i nostri passi avanzare appaiati nel corridoio? Le sue pupille erano mobili e quando le sfiorai una mano avvertii immediatamente una reazione.

Con noi c'era la dottoressa dell'altra volta, che le si rivolse chiamandola per nome e chiedendole come stava con lo stesso tono con cui ci si rivolge a un bambino malato. Le appoggiò anche lievemente, con fare protettivo, una mano sulla fronte bendata.

Ecco un bell'esempio di bontà spontanea, pensai, rallegrandomi.

«Potete rivolgerle un paio di domande» bisbigliò la dottoressa «ma non di più».

«Margherita» esordii in tono affettuoso «hai voglia di parlare?»

Silenzio.

«Mi riconosci? Sono Vanda.»

Ebbi l'impressione che le sue pupille si dilatassero. Questo fenomeno può essere segno di paura ma anche di interesse. Optai per questa seconda interpretazione.

Le presi una mano, mi chinai su di lei, avvicinai le mie labbra al suo orecchio sinistro e le sussurrai: «Margherita, sono Vanda, mi vuoi dire che cosa ti è successo?».

Chiuse e riaprì le palpebre: «... E-gi-sto» pronunciò strascicando le sillabe.

Annuii incoraggiante.

«... E-gi-sto» ripeté.

«È quello che ha detto l'altra volta» mi disse Cigoli.

Per parlarmi all'orecchio Cigoli mi si era avvicinato molto, tanto da avvertire il caldo del suo fiato sulla mia guancia.

«Il suono esce alterato, le mancano quattro denti» dissi scostandomi un po' da lui. «Senza gli incisivi superiori è difficile pronunciare la *erre*» aggiunsi.

Aumentai leggermente la pressione delle mie mani su quella di Margherita: «Registro? Vuoi dire re-gi-stro» sillabai.

Chiuse e riaprì le palpebre come aveva fatto poco prima. Interpretai quel movimento come un assenso.

Mi voltai verso Cigoli e gli lanciai uno sguardo affermativo d'intesa. Mi ritrassi e lasciai che fosse lui ad avvicinarsi.

Non gli prese la mano, ma chinandosi all'orecchio sillabò anche lui «re-gi-stro».

Questa volta la reazione oculare fu un duplice battito delle palpebre.

Dopo quest'ultima risposta Margherita ebbe un colpo di tosse che allarmò la dottoressa.

«Basta così!» e con gesto gentile ma definitivo ci invitò ad allontanarci.

La ringraziammo e salutammo. Poi, lentamente, percorremmo il lungo corridoio che, come la volta precedente, sprigionava bagliori colorati.

«Dunque una versione possibile sarebbe che la sua amica è stata aggredita per un registro» commentò il commissario fermandosi e portando una mano agli occhi per difendersi da un raggio di luce accecante. «Si tratta ora di rintracciarlo e di capire perché per impossessarsi di quel registro l'aggressore le abbia fracassato la faccia.»

Che il registro fosse il perno intorno a cui ruotava tutta la vicenda era ormai assodato. Chi fosse l'aggressore era invece ancora un mistero.

Aveva agito come mandante o in proprio? E se aveva agito in proprio, per quale motivo? Ecco dunque aggiungersi alla lista dei sospettati un nuovo soggetto: Olga, Adelia e il sedicenne Camillo e ora anche lo sconosciuto del motorino. Egisto, invece, il sospettato della prima ora, poteva essere lasciato fuori dalla lista, almeno per il momento. Anche lui maneggiava registri, ma di altro genere e per altro motivo.

«Lo chiameremo signor X?» domandai.

«Non è necessario, tra breve sapremo chi è» rispose lui misterioso.

«E come?»

«Abbiamo le nostre risorse, dottoressa. Io però continuerò a disturbarla, se lei è così cortese da continuare a collaborare. Ormai è diventata una nostra consulente. Mi sembra che insieme stiamo facendo un buon lavoro.»

Nel frattempo eravamo usciti dall'ospedale. Cigoli sorrise accattivante, fissandomi negli occhi con il suo stile *charmant*, e nello stringermi la mano la trattenne più a lungo del necessario. Mi toccò sfilarla, sia pure gentilmente e con un sorriso. *Deve essere un rapporto di lavoro e basta, non ci devono essere interferenze.*

Capita che gli uomini, nei rapporti con le donne, si concentrino sull'altra dimensione, diciamo così. Se lei non è proprio una scorfana e se loro non sono gay conclamati elaborano subito delle fantasie su una sessualità possibile: come, dove e quando. Magari in un motel. Oppure sui sedili posteriori di un'auto. Forse in ascensore o al buio su una panchina dei giardini pubblici, in una posizione scomoda.

Non che lui non fosse attraente. Non che il calore avvolgente della sua voce e i suoi occhi screziati di verde mi lasciassero del tutto indifferente. Non che il sesso estemporaneo sia da condannare del tutto. Non ho quel tipo di moralismo. Come potrei, facendo il lavoro che faccio? Le mie fantasie però erano in quel momento di tutt'altro tipo, vincolate a Lorenzo e soprattutto a Ele e Lu, le mie due bambine pestifere che chi sa cosa stavano combinando in casa in mia assenza.

«Abbiamo fatto un passo avanti» gli dissi dal finestrino mentre avviavo il motore della Cinquecento. «Possiamo essere soddisfatti.»

Lui si lisciò i baffi, si accese una sigaretta e mi lanciò un ultimo sguardo compiaciuto.

Contrariamente ai miei timori, il clima in casa era insolitamente tranquillo. Joy era in cucina a preparare la cena e le bambine se ne stavano chiuse nella loro stanza. Sulla porta c'era un foglio di quaderno appiccicato con lo scotch con la scritta NON DISTURBARE.

Stetti al gioco e bussai.

«Siamo in seduta» fu la risposta.

«Che tipo di seduta?»

«Psicoterapeutica» fu la risposta a due voci.

«Ah! E qual è il problema?»

«Non lo sappiamo ancora...» disse Elena.

«Lo sappiamo, lo sappiamo...» la corresse Luisa col tono di chi la sa lunga.

Entrai nella stanza e le trovai sedute per terra a gambe incrociate l'una di fronte all'altra.

«Be', chi è la terapeuta?»

«Io sono la terapeuta!» saltò su Luisa.

«Poi cambiamo!» rivendicò Elena.

«E di cosa vi state occupando?» chiesi incuriosita.

«Di divorzio» rispose Luisa con tono assertivo.

«E chi è che sta divorziando?»

«Ancora non lo sappiamo» risposte Elena.

«Tu per esempio, da papà perché hai un fidanzato» fu la risposta sicura di Luisa.

«È solo per finta» aggiunse Elena in tono rassicurante.

«Non c'è pericolo che papà e mamma divorzino, per il momento» risposi ridendo, ma anche riflettendo sul sesto senso dei bambini, che riescono a captare gli umori e i sentimenti nascosti dei loro genitori.

Uscii dalla loro stanza e andai in cucina.

«L'avvocato dov'è?» chiesi a Joy.

«Non mi ha detto dove andava, ha detto però di non aspettarlo per cena.»

Nulla di anormale, sia nel gioco delle bambine che nell'uscita di Lorenzo, però i due fatti messi assieme mi crearono una sensazione d'inquietudine, un vago senso di colpa e persino un principio di gelosia.

Mi venne allora in mente Rossella, una delle mie pazienti più assidue, che non si decideva a lasciare il marito per iniziare una convivenza con quello che lei definiva "l'uomo della mia vita". Tra sorrisi e singhiozzi mi ripeteva, a ogni seduta, di non riuscire a decidersi per l'uno o per l'altro perché voleva bene a entrambi, sia pure in modo diverso. È certamente possibile, convenivo, ma a volte la vita ci obbliga a una scelta, le dicevo.

12

Incontro alla Sapienza

«Mi accompagnerebbe a una festa di laurea?»

Questa la domanda con cui esordì la telefonata del mio commissario. Erano le nove del mattino successivo e, in attesa che arrivasse il primo paziente, riascoltavo alcuni passaggi della registrazione di Simona e rileggevo gli appunti che avrei poi approfondito con lei.

La luce violenta negli occhi durante l'inseminazione, le voci, la penetrazione, le illusioni cinestesiche, il delirio mistico, la convinzione di poter controllare i pensieri e le azioni altrui depongono tutti a favore di una schizofrenia esplosa con la fecondazione ma su una sintomatologia preesistente. È la riprova che l'esame di personalità alla paziente va fatto prima di procedere all'inseminazione…

Ecco quello che avevo appena finito di scrivere quando Marisa mi passò la telefonata di Cigoli.

"Sto passando più tempo con lei che con mio marito" stavo per dire, per fortuna mi trattenni in tempo perché una frase del genere poteva essere mal interpretata: non una battuta spiritosa, ma un'*avance*. E siccome gli uomini pensano subito al sesso l'avrebbe sicuramente presa come un'*avance* sessuale.

Non lo conoscevo abbastanza per potermi rivolgere a lui come se fossimo stati compagni di banco.

Mi era servita di lezione, anni addietro, un'osservazione che avevo rivolto a un collega giusto per passare il tempo. Al ritorno da un convegno sulla psicologia degli adolescenti, che si era tenuto a Modena in uno splendido salone del Seicento, gli chiesi come mai nella sua relazione si fosse dilungato sulla masturbazione dei ragazzi – mostrando persino delle foto che per quanto dettagliate e precise nulla aggiungevano alla spiegazione orale – ma non aveva minimamente accennato a quella delle ragazze, come se il sesso femminile fosse esente da quelle pratiche. Mi era sembrata una carenza non irrilevante da parte di uno psicologo che aveva la pretesa di parlare della sessualità negli anni adolescenziali.

La reazione fu sorprendente. Per qualche motivo che ancora mi sfugge, interpretò quella mia osservazione puramente professionale come una proposta sessuale nei suoi confronti. E così il viaggio di ritorno in treno fu funestato dalle sue goffe e ripetute *avance*. Incominciò col pormi delle domande dirette e francamente imbarazzanti sulla sessualità femminile. Cercò poi di indagare sulla mia sessualità, con una tale insistenza da indurmi a trascorrere il resto del viaggio in piedi in corridoio, fingendo di parlare al cellulare.

«Una festa di laurea?» ero stupita e anche un po' allarmata per la quantità di tempo che Cigoli stava sottraendo al mio lavoro.

«Sì, intorno alle diciotto questa sera. Ho bisogno della sua *expertise*.»

«Ma chi è la persona che festeggia?» tagliai corto.

«Il nostro indiziato numero uno.»

«Il signor X? Quello del motorino?»

«Sì, lui.»

«E come l'avete rintracciato?»

«Grazie al marocchino che lavora alla pompa di benzina. Considerando bizzarro il suo comportamento ha avuto la prontezza di prendere il numero di targa del motorino. E così ora sappiamo chi è.»

«Geniale!»

Mi ritrovai così, alle diciotto in punto, nella piazza del Rettorato in attesa di incontrare l'indiziato numero uno, tra la statua della Minerva e gli scalini della facoltà di Giurisprudenza. In quel momento il signor X stava discutendo la sua tesi di laurea e di lì a poco, massimo mezz'ora, sarebbe uscito dall'aula magna. Aspettavo in piedi tra Cigoli e un agente in borghese con tanto di pistola visibile nella fondina sotto la giacca.

Era dal giorno della mia laurea che non tornavo alla Sapienza e così, non avendo nulla di particolare da dire né al mio bel commissario né al suo agente in borghese, mi concentrai sulla statua della Minerva che non avevo mai avuto l'opportunità di osservare così a lungo. Guardandola nei dettagli e dal basso in alto mi parve particolarmente minacciosa. Troppe armi addosso. Una testa troppo piccola in rapporto al corpo massiccio e squadrato a mo' di colonna. Le due palline al posto del seno erano chiaramente opera di uno scultore misogino. Il volto, infine, era quello di una psicopatica. *Ecco perché gli studenti evitano di guardarla negli occhi prima di un esame: la leggenda narra che incrociare lo sguardo della Minerva porterebbe a una sicura bocciatura.*

Per fortuna l'attesa fu più breve del previsto, e quando il neolaureato comparve alla sommità della scalinata della facoltà, circondato da amici e parenti festanti, Cigoli entrò in azione. Saliti rapidamente gli ultimi scalini, si incuneò nel gruppo, lo prese per un gomito e senza dare nell'occhio lo tirò da una parte, gli bisbigliò qualcosa nell'orecchio e gli indicò l'agente che stava poco distante da lui. Il tutto in una manciata di secondi.

Il giovane trasalì ma riuscì a non perdere l'autocontrollo. Senza mostrare il suo stato d'animo, si rivolse all'allegra brigata spiegando che li avrebbe raggiunti al bar per l'aperitivo. Purtroppo, doveva occuparsi di un affare urgente che aveva *completamente* dimenticato. Nulla di importante. Un adempimento formale. Una stupidaggine.

Cigoli ci pilotò tutti e tre in un'aula vuota della Facoltà di Giurisprudenza al piano terra, mentre l'agente rimase in piedi accanto alla porta d'ingresso per scoraggiare chiunque avesse voluto entrare. Ci accomodammo tra la prima e la seconda fila.

«Tutto bene dottor Bini?» chiese Cigoli in tono amichevole al neolaureato.

«Bene, grazie» rispose lui frastornato «ma non capisco che cosa stia succedendo.»

«Che voto le hanno dato?»

«Centodieci e lode» rispose con orgoglio.

«Complimenti! Deve aver fatto una buona tesi e aver avuto un'ottima media.»

«Grazie» sorrise e col capo accennò educatamente a un inchino.

Di Cigoli e dell'agente in borghese l'indiziato numero uno ormai conosceva la qualifica. Di me non ancora.

Mi presentai come una psicoterapeuta collega della dottoressa Damiani.

Bini mi guardò con aria interrogativa. Si vedeva, dallo sguardo, che nella sua mente stava passando in rassegna una serie di possibilità senza però individuarne una plausibile.

Era una situazione imbarazzante e io mi sentivo nel posto sbagliato.

Non avrei dovuto lasciarmi coinvolgere in una circostanza così sgradevole.

Sono abituata ad aiutare le persone, non certo a metterle in difficoltà o peggio a tendere loro delle trappole. Quel ragazzo si era appena laureato, emergeva da una prova impegnativa dal grande valore concreto e simbolico per la sua vita e noi gli stavamo addosso come tre parche arcigne e malintenzionate.

Cigoli gli spiegò che la dottoressa Damiani era stata aggredita, evitando altri dettagli.

Il dottor Bini, un bel giovane dai capelli castani e dagli occhi verdi, dal portamento elegante e dal fisico atletico, ribadì di non capire.

«Gli amici mi aspettano, spero che sia una cosa rapida» disse, non nascondendo la sua irritazione.

«Mi dispiace, ma ci sono delle indagini in corso e il tempo, come lei sa bene per gli studi che ha fatto, è molto importante in questo genere di cose.»

«Non capisco di che *genere di cose* stia parlando, commissario. Sicuramente c'è un equivoco, uno spiacevole scambio di persona. Qualcuno qui deve aver preso un abbaglio!» obiettò con baldanza e sulle sue labbra comparve, passeggera, una smorfia di disgusto.

Di fronte al numero di targa del motorino, però, e al foglio del registro che Cigoli gli parò davanti agli occhi chiarendo dove era stato ritrovato, in quale occasione e da chi, incominciò a mostrare qualche segno di insicurezza. Distolse lo sguardo e sbuffò. Osservò attentamente il foglio, lo prese tra le mani e lo rigirò. Infine, assestò un calcio al predellino del banco su cui era seduto, involontariamente.

«Commissario si rende conto che mi sta rovinando uno dei giorni più belli della mia vita?!» protestò.

«Lei rischia la galera, caro ragazzo, è meglio che, con calma, ci racconti come sono andate le cose. Come è venuto in possesso del registro?»

«Non mi chiami ragazzo!» fu la reazione impulsiva dettata dal senso di dignità. Ma dopo la frase pronunciata da Cigoli a muso duro, Bini ammise di essere stato nello studio di Margherita per ritirare un documento che lo riguardava. Nulla di più.

La prima versione fu che glielo aveva consegnato «la ginecologa in persona» poi, resosi conto della trappola in cui stava per scivolare, cambiò ricostruzione e ammise di aver sottratto il registro una sera in cui nello studio non c'era nessuno.

«Sapevo in quale cassetto la dottoressa teneva la chiave, così ho aperto senza problemi l'armadio e ho preso il registro che mi interessava.»

«Conosceva bene le abitudini della dottoressa…» commentò Cigoli, con un tono allusivo un po' fuori luogo.

Il giovane non rispose.

«Ora però ci deve spiegare perché le interessava quel registro al punto da sottrarlo di nascosto e come è riuscito a prenderlo» intervenni io, usando un tono di voce pacato e conciliante che aveva lo scopo di smussare la durezza della richiesta.

Cigoli mi guardò sorpreso per la mia intromissione, ma non obiettò. D'altro canto, era stato lui a tirarmi in questa sgradevolissima vicenda. Mi aveva coinvolta e doveva concedermi la parola.

Ci fu una lunga pausa prima che il sospettato si decidesse a parlare, nel frattempo diede un altro calcio al banco e nervosamente si tormentò il lobo di un orecchio.

«Be', se proprio volete saperlo, per un po' di tempo ho fatto il donatore per lo studio della dottoressa. Ma sono cose riservate su cui è fondamentale mantenere il segreto.»

«Cioè dava il suo sperma a pagamento. È così?» intervenne Cigoli.

«Sì, davo il mio sperma a pagamento» rispose accentuando ogni parola e fissando il commissario negli occhi a mo' di sfida. «Risposi a un avviso che avevo trovato in bacheca, qui in Facoltà, anche se non veniva specificato il tipo di prestazione: l'invito, scritto a mano, consisteva in un giro di parole che poi mi fu chiarito dalla dottoressa. Si capiva però che c'era una remunerazione» cercò di tergiversare.

«Prosegua» gli intimò Cigoli, con il tono tipico dei commissari di polizia che si vedono in TV.

«Quel denaro mi faceva comodo, mi serviva per pagare le tasse universitarie, e così l'ho fatto senza pensarci su. In fondo aiutavo delle coppie sterili a mettere al mondo dei figli. In linea di principio mi sembrava un gesto altruista, da buon samaritano. Loro desideravano un figlio e io ero in grado di esaudire il loro desiderio. Godo di buona salute. Dall'esame risultò che il mio sperma era ricco e di ottima qualità. Nella mia famiglia non ci sono tare genetiche almeno da tre generazioni. Questi erano i requisiti richiesti dalla dottoressa. Sono anche di bell'aspetto, il che non guasta» concluse con un sorriso tra il provocatorio e il compiaciuto.

«Un metodo non molto accurato, non le pare?»

«Non ho mai messo in discussione i metodi della dottoressa. È una persona determinata e sicura di sé. Ha modi di fare convincenti ed è molto affidabile. Pare che sia stata una delle prime a praticare la fecondazione artificiale in Italia. E poi ha continuato, basandosi sull'intuito, il buon senso e anche sulle conoscenze scientifiche. So che si tiene aggiornata, che riceve periodicamente dei report scientifici.»

«D'accordo dottor Bini» intervenne Cigoli «ma adesso veniamo al punto. Perché ha rubato quel registro e perché per rubarlo ha fracassato la faccia della dottoressa?»

Il giovane impallidì, il suo corpo si irrigidì e dato che le gambe non lo sostenevano più, si lasciò scivolare sul sedile spingendo entrambi i piedi oltre al banco. Con la mano tornò a tormentarsi il lobo dell'orecchio fino a farlo diventare viola. «Fracassato la faccia della dottoressa?!» esclamò esterrefatto. «Non capisco cosa sta dicendo! Proprio non la capisco!»

«È così che l'hanno trovata… distesa sul pavimento con il viso sfigurato da un colpo inferto con un grosso sasso» precisò Cigoli.

«Lei mi sta accusando di un crimine orribile di cui io non so nulla.»

«Ma è stato nello studio e ha prelevato il registro.»

«Gliel'ho detto, la dottoressa non c'era quando ho preso il registro, ero certo che non ci sarebbe stata perché sapevo che sarebbe uscita poco prima.»

«E come è entrato se non c'era nessuno dentro per poter aprire?»

«La porta d'ingresso non è blindata, ha una serratura semplice, basta una carta di credito. È un gioco da ragazzi. Non sono certo io che lo devo insegnare a lei» concluse con un sorriso allusivo.

«Non ha risposto alla prima domanda: perché ha rubato quel registro?» Lo disse a muso duro.

«Lei insiste, commissario, ma rubato è una parola forte…»

«Sarà forte fin che vuole, ma non vedo alternative.»

Ci fu una lunga pausa, durante la quale il giovane cercò di mettere ordine nelle sue idee. Si vedeva che era in difficoltà e che cercava di non contraddirsi.

«È un fatto molto personale» disse ostentando sicurezza.

«Guardi che lei rischia grosso, dottor Bini. Margherita Damiani è in coma all'ospedale e la prognosi non è favorevole. Ha un grosso ematoma e potrebbe morire da un momento all'altro. Come le ho già detto le conviene parlare.»

«Non ho fatto nulla, proprio nulla! Sono amico della dottoressa. Mi è simpatica. Non sapevo che fosse ricoverata e mi dispiace moltissimo. La stimo per il lavoro che fa e non le avrei mai torto un capello» concluse battendo un pugno sul banco.

«Ma le ha sottratto il registro che evidentemente non voleva cederle» intervenni. Pensavo ad Adelia, a Camillo e a Olga, tutti e tre, come lui, alla caccia dello stesso oggetto. Parlare di loro in quella sede però sarebbe stato fuori luogo e avrebbe creato una gran confusione.

«Il fatto è che non voleva darmi il registro su cui sono segnate le prestazioni che ho fatto per il suo studio. Aveva vari faldoni, su quello col dorso di tela nera aveva registrato il mio indirizzo, le mie caratteristiche e, diciamolo pure, le mie eiaculazioni. Non solo le mie, ovviamente, ma anche quelle di altri donatori in quel periodo. Lo aprì più di una volta in mia presenza.»

Entrambi lo guardammo con un'espressione interrogativa.

«E cosa se ne fa, lei, delle registrazioni delle sue prestazioni?» chiese Cigoli.

«Cosa me ne faccio? Ecco una bella domanda.»

Pausa.

«E la risposta?» intervenni incoraggiante.

«Tra quattro mesi mi sposo e non voglio che la mia futura moglie venga a sapere che in giro ci sono dei bambini con il mio patrimonio genetico. Non è un mio problema, non rinnego quello che ho fatto, anzi lo considero meritorio, ho consentito a delle coppie sterili di poter formare una famiglia. Le dirò di più, ho anche dato la vita a persone che non sarebbero mai nate...» si interruppe con lo sguardo perso nel vuoto e tutti noi restammo in silenzio, prede della vertigine creata dal significato metafisico di quelle parole.

«Lei, però, la mia fidanzata» riprese dopo un colpo di tosse nervosa «non approverebbe, o comunque ci resterebbe male... molto male, le assicuro. So come la pensa. Non è preparata a questo genere di cose. È cresciuta nel benessere lei, in un ambiente protetto. È andata a scuola dalle suore. Capisce il clima?»

Assentii con il capo, ma non dissi nulla per non interrompere il flusso delle sue parole. E infatti continuò:

«Se lo sapessero i genitori sarebbe la fine. Hanno una mentalità d'altri tempi e nessuna spiegazione risulterebbe plausibile per loro. Manderebbero all'aria il matrimonio, ne sono più che certo, anzi certissimo».

«E quindi sottraendo quel registro voleva cancellare delle tracce imbarazzanti.»

«Proprio così. *Dovevo* cancellare le tracce. Un giorno, chi lo sa, quei documenti sarebbero potuti finire in mani sbagliate. Un rischio c'è sempre. Ma certo non avrei mai fatto violenza alla dottoressa Damiani. Per nessuna ragione al mondo. Sarei andato in galera piuttosto. Le giuro, commissario, sul mio onore, che non ho colpito nessuno. Trovo intollerabili le aggressioni alle donne e non potrei più guardarmi allo specchio se avessi fatto una cosa del genere» pronunciò quest'ultima frase scuotendo la testa, tra il desolato e l'indignato.

«L'armadio a vetri in cui si trovano i registri non è stato forzato e noi l'abbiamo trovato chiuso.»

«Come le ho detto, sapevo dove la dottoressa teneva la chiave, l'avevo vista aprirlo e chiudere varie volte.»

«E dove la teneva?»

«In un cassetto della scrivania sotto a un cumulo di ricevute.»

«E l'ha riposta lì, dopo aver richiuso l'armadio?»

«Certo, nella stessa posizione in cui l'avevo trovata.»

Una delle tecniche che usano i poliziotti per incastrare i bugiardi, o presunti tali, consiste nel far ripetere più volte gli stessi passaggi per vedere se nel frattempo il testimone cambia versione. I dettagli sono fondamentali: più ce ne sono più aumenta la probabilità che l'interrogato possa cadere in contraddizione se sta dicendo il falso o anche solo se cerca di nascondere un aspetto che potrebbe metterlo in cattiva luce, tipo una maldicenza su un collega di lavoro, una laurea inesistente, una irrazionale paura del buio.

C'è anche un'altra tecnica usata spesso negli interrogatori, basata sull'aumento del cosiddetto "carico cognitivo". Si chiede al testimone, per esempio, dopo aver raccontato i fatti in ordine cronologico, di ripeterli nuovamente all'inverso, dalla fine all'inizio, oppure, mentre parla, di guardare fisso negli occhi la persona che lo sta interrogando. In entrambi i casi la difficoltà per l'interrogato aumenta, e chi mente è nella condizione di soffrirne di più rispetto a chi dice la verità perché già il fatto di non dire la verità comporta un carico cognitivo.

Chissà se Cigoli conosce questa tecnica… potrei suggerirgliela.

Lui però aveva già imboccato un'altra strada.

«Verificheremo anche questo dettaglio, così come le impronte digitali che abbiamo raccolto.»

«È tempo perso, commissario, per non lasciare impronte ho indossato i guanti. Se ci sono delle impronte non sono certamente le mie.»

«Be', be'» commentò il commissario come se fosse stato colto in fallo. Poi, dopo un attimo di esitazione: «Per il momento è meglio che lei vada a festeggiare con i suoi amici, per non dare nell'occhio. L'accompagnerà l'agente Caruso, lo potrà presentare come un suo conoscente di lunga data incontrato casualmente in Facoltà. Questa notte Caruso resterà sotto casa sua senza dare nell'occhio e domani mattina l'accompagnerà da me al commissariato. Stiamo ancora appurando una circostanza che sarà decisiva.»

«Al commissariato? Quale circostanza?» esclamò il dottor Bini allarmato, e in quel momento vidi la paura dipingersi sul suo volto.

Mi intenerisco sempre quando vedo quell'espressione nello sguardo di una persona in difficoltà, persa, confusa, non più in grado di comprendere che cosa stia succedendo intorno a lei. In quei momenti gli schemi interpretativi abituali sembrano saltare come in un fuoco d'artificio e il soggetto in questione ha la sensazione di aver perso il contatto con la realtà, di potere impazzire da un momento all'altro. Se poi entra in ansia può avere un attacco di panico. Decisi così di venirgli in aiuto.

«Ora si calmi» gli dissi con tono fermo mentre gli posavo una mano su un avambraccio. «Si alzi in piedi, faccia tre bei respiri profondi, poi allarghi le braccia e le rotei lentamente, in senso orario e in senso antiorario, sempre con dei bei respiri lenti e profondi. Può anche chiudere gli occhi se crede.»

Mi obbedì, docile come un bambino.

Era commovente, ma non ero affatto certa che avesse detto la verità.

«Se la sente di andare a festeggiare con gli amici?» gli chiesi toccando di nuovo il suo braccio.

Rifletté un momento e poi: «Sì, credo di sì, perché a parte la sottrazione del registro per il resto ho la coscienza a posto, non sono stato io a colpire la dottoressa, mi deve credere. Se lei è una psicoterapeuta, come dice di essere, avrà capito che non posso avere aggredito in quel modo una persona che mi è sempre stata amica. Sono solo un po' agitato dopo questo interrogatorio così improvviso e inopportuno, senza un avvocato… un vero e proprio abuso…». Avrebbe voluto dire qualcosa di sgradevole nei confronti di Cigoli, ma diplomaticamente si astenne.

A pelle mi sembrava sincero, eppure c'erano vari punti oscuri in quel racconto rocambolesco. Possibile che nello studio di Margherita non ci fosse nessuno e lui fosse entrato usando una scheda di plastica? Possibile che sapesse del cassetto in cui era nascosta la chiave? Possibile che avesse fatto tutto da solo? Anche Olga aspirava a consultare il registro. L'infermiera era nella posizione ideale per dargli una mano e diventare sua complice. Proprio la sera in cui spariva il registro, Olga era uscita con due ore di anticipo rispetto al suo solito orario. Lo aveva fatto per crearsi un alibi? E se la chiave dell'armadio gliela avesse data lei? Bisognava anche verificare se il registro era integro o se mancavano delle pagine e, nel caso, quali erano mancanti.

«Se si sente agitato potrà sempre portare come giustificazione la discussione della tesi di laurea» osservai.

«Sì certo… ci sarà anche Valentina, la mia fidanzata.» Poi d'impulso: «Dottoressa, mi accompagna?».

Lo guardai perplessa.

«Accompagnarla dove?» avevo capito al volo ciò che intendeva ma presi del tempo prima di rispondere.

«Al bar, resti un po' con noi, poi se ne va… lei mi dà sicurezza… se si ferma per l'aperitivo mi fa un enorme piacere» e per essere più convincente mi afferrò una mano che portò al petto, all'altezza del cuore.

Avevo i miei impegni domestici e non volevo fare tardi anche quella sera. Ormai questa vicenda stava ingurgitando la mia vita familiare, giorno dopo giorno. Non potevo permettermelo. Lorenzo si sarebbe irritato e le gemelle per ripicca avrebbero messo a soqquadro la casa. Già lo avevano fatto qualche giorno prima con l'armadio dei miei vestiti e con quello delle scarpe. La scusa era che dovevano travestirsi per fare teatro, ma io sapevo fin troppo bene che era un modo per comunicarmi che se mi sottraevo troppo spesso al mio ruolo di genitore, quel ruolo in casa l'avrebbero assunto loro, a cominciare dai miei abiti e dalle mie calzature.

Il dottor Bini mi aveva rivolto questa richiesta con un tono implorante, simile a quello di un bambino. E quando aveva posato la mia mano sul suo petto avevo avvertito i battiti veloci del suo cuore. Un segno in suo favore? *Ancora tutto da verificare, vedremo in seguito.*

Parlando sottovoce riferii la richiesta a Cigoli per sapere se fosse d'accordo. Per tutta risposta mi mostrò il pollice rivolto verso l'alto.

Strana richiesta. Avrà colto in me il lato materno.

È sempre difficile capire come gli altri ci vedono, quale lato della personalità o dell'aspetto fisico li colpisce o notano di più, ma soprattutto che cosa li spinge a fare una qualche associazione con le loro esperienze insondabili e nascoste, di cui essi stessi magari non hanno alcun ricordo.

O forse cercava di rabbonirmi, di farmi sua alleata. Se fosse stato un bugiardo patologico, non sarebbe indietreggiato di fronte al fatto che io fossi una psicoterapeuta, anzi sarebbe stato stimolante per lui potermi mettere nel sacco.

Bugiardi o no, ci sono sempre dei pazienti che cercano di sedurre il terapeuta per farsene un alleato. Alcuni sono abilissimi, riescono persino a manipolare la persona alla quale si sono rivolti per essere aiutati.

Nel caso di Alessio – questo il nome di Bini – non è forse il comportamento di un bugiardo quello di pianificare di nascondere il suo passato alla persona con cui ha intenzione di legarsi per tutta la vita?

Anch'io mi sentii stimolata all'idea di osservare da vicino un "buon" mentitore. Non capita tutti i giorni. Sono personalità complesse con tante sfaccettature. Dicono bugie fin da bambini e crescendo imparano a mentire sempre meglio. Sanno destreggiarsi tra nomi, luoghi e tempi e se per caso si confondono risolvono all'istante con una battuta. Non hanno né paura né sensi di colpa. Sono degli attori molto scaltri e possono recitare sia l'eccitazione, che la sorpresa, che il senso di colpa. Hanno intuito, avvertono cosa il loro interlocutore vorrebbe sentirsi dire, cosa sarebbe convincente per lui. I grandi bugiardi stanno bene attenti a mantenersi il più vicino possibile alla realtà, descrivendo ad esempio come hanno trascorso la loro giornata con grande dovizia di dettagli e mentendo solo su un unico aspetto, magari su un lasso temporale di pochi istanti. E come se non bastasse, alcuni, vedendo che le loro menzogne sono prese per verità, finiscono per crederci, magari non del tutto e soltanto in certi momenti, ma in misura sufficiente per continuare a difenderle a spada tratta.

La cosa mi intrigava, così decisi di accettare l'invito. Presenziando ai festeggiamenti avrei potuto cogliere qualche elemento in più sulla sua insolita vicenda esistenziale.

Scrissi un veloce messaggio a Lorenzo per avvertirlo che forse avrei fatto tardi. Lui visualizzò immediatamente però non rispose, evidentemente era arrabbiato con me.

Nell'incamminarci al bar in cui si festeggiava la laurea mi trovai, non senza disagio, tra l'agente Caruso e il neolaureato Alessio Bini.

«Lei ci fa compagnia?» chiesi a Cigoli che era un paio di gradini avanti a noi.

«Le farei volentieri compagnia, come può immaginare cara dottoressa, ma purtroppo ho parecchio lavoro arretrato» rispose tirando una boccata dalla sigaretta che aveva appena acceso.

E io no?! Ma chi si crede di essere?

13

Bugie senza ritorno

Quando arrivammo al bar per l'aperitivo la prima persona che ci venne incontro fu Valentina, la fidanzata di Alessio. Scattante, disinvolta, molto carina. Con un abito da sera fasciante e scollatissimo, sia sul dietro che sul davanti, per nulla evocativo degli anni trascorsi dalle suore. I capelli di un biondo dorato freschi di parrucchiere, le ricadevano in boccoli ordinati sul seno e sulle spalle.

La ragazza gli gettò le braccia al collo e lo baciò appassionatamente. Il ragazzo non ricambiò con la stessa intensità, anche se la scollatura sul davanti lasciava i seni di Valentina quasi del tutto scoperti.

Scioltosi dall'abbraccio, Alessio ci presentò ai parenti e agli amici che gli si accalcavano intorno come «la professoressa Vanda Marras, psicoterapeuta e criminologa e l'agente Caruso, entrambi utilissimi nella raccolta dei casi della mia tesi». Lo disse col tono spontaneo del perfetto mentitore.

Io e Caruso evitammo di guardarci, non obiettammo e partecipammo al gioco. Né io né lui però sapevamo a quali casi stesse alludendo. Si riferiva alla tesi di laurea di cui, però, ignoravamo il contenuto. Il fatto che mi avesse indicata come criminologa era una prima indicazione, seppur non sufficiente, per capire come rispondere a eventuali domande, battute e curiosità di amici e parenti.

Una tesi in criminologia, okay. Ma su quale argomento?

Certamente né io né Caruso potevamo chiedere informazioni al neolaureato o a qualcuno degli invitati. Se avessimo fatto delle domande avremmo creato una impasse insostenibile.

Compiuto il primo passo, accettata la prima menzogna, non ci restava che procedere compatti nella finzione. In caso contrario sarebbe stato come buttare all'aria un gioco di società con tutte le pedine, i dadi, i gettoni e anche il tavolo. Un'azione distruttiva dalle conseguenze irrimediabili.

Il tema emergerà da solo, nei discorsi dei presenti, intanto mi terrò sulle generali. Messa alle strette avrei sempre potuto fingere un'emicrania e tornarmene a casa.

È così che succede: quando imbocchi la strada della finzione non puoi più uscirne, a meno di fuggire o ammettere di avere mentito, il che può essere una soluzione ma anche un colpo alla propria dignità. Un crollo di credibilità difficile da sostenere. La fine di un'amicizia. A volte di un amore.

Si dice che le bugie hanno le gambe corte, ma non sempre è così. Possono anche averle molto lunghe, al punto da acquistare una distanza crescente dal loro autore.

A trentasette anni una mia paziente si sentiva ancora a disagio, dopo vent'anni, per una bugia che aveva sancito la fine di una storia appena iniziata, ma che avrebbe potuto cambiare la direzione della sua vita.

«Ci sono bugie che hanno un loro tragitto autonomo. Una volta decollate si impongono con una forza tale che tu non puoi farci niente. Proprio niente. Sono frecce di cui, una volta scoccate, puoi soltanto guardare la traiettoria, ma non frenare» mi aveva spiegato Gina, la paziente, in una seduta che mi aveva tenuta col fiato sospeso.

Ospite nel casale di un amico di cui era innamorata e con

cui immaginava una vita insieme coronata dal matrimonio, anche se erano soltanto alle prime uscite, aveva proposto ai padroni di casa di occuparsi della pulizia del grande soggiorno che da circa un anno non era più stata fatta.

Felice di essere in campagna, fuori casa per un fine settimana e molto su di giri per il possibile inizio di quella *liaison*, Gina, allora diciassettenne, aveva deciso di rendersi utile e di ingraziarsi quei genitori in cui vedeva già i futuri suoceri.

Il soggiorno era arredato con oggetti di antiquariato, alcuni dei quali di indubbio valore. Ovunque, sul pavimento e alle pareti c'erano attrezzi e quadri della civiltà contadina. Contenitori in ferro, antichi paioli in legno, carriole, setacci per farine, gabbiette per uccelli, aratri, cucchiai e forchettone in legno snodabili, pale per forni e rastrelli. Attrezzi e utensili da collezionismo che i genitori del ragazzo avevano acquistato via via nel corso degli anni da antiquari, agricoltori, aste e mostre.

Spolverando e rassettando, Gina trovò, incastrato tra la parete e la zampa di un divanetto campagnolo di fine Ottocento, un pezzo di legno dalla forma strana, sforacchiato dai tarli in più punti. Probabilmente lì sotto dall'anno precedente. Dopo aver tentato invano di inserirlo in alcuni degli utensili appesi alle pareti, decise di buttarlo in una stufa di terracotta, anch'essa antica, collocata al centro del soggiorno. Aprì lo sportello e lo lanciò tra la cenere ancora tiepida dalla sera prima.

Quando però il padre del suo amico, un uomo alto e dall'aspetto severo, le chiese se facendo pulizia aveva rinvenuto uno degli oggetti della collezione «preziosa e unica nel suo genere», Gina, resasi conto di aver commesso un errore grossolano, negò categoricamente. Ci teneva a fare una buona impressione sui genitori del suo ragazzo, non voleva che la giudicassero una sciocchina incompetente. Si vergognava di fare quel tipo di figuraccia.

Continuò così a negare anche quando il suo amico la prese da parte e tenendole le mani tra le sue le chiese gentilmente di pensare se per caso scopando e spolverando non avesse trovato quel pezzo «prezioso» senza il quale il grande mestolo snodabile appeso al muro tra un forchettone e una pala da forno avrebbe perso del tutto la sua funzione e il suo valore. E poiché dopo aver fatto le pulizie aveva buttato tutta la spazzatura che aveva raccolto (polvere, ragnatele, foglie secche, lanuggine, insetti morti, pezzetti di carta, frammenti di vetro, tappi di bottiglia) nel cassonetto in strada, andarono insieme a cercarlo, svuotarono il cassonetto, ma il prezioso reperto non saltò fuori.

«Loro erano certi che dovevo averlo trovato. Io sapevo bene dove l'avevo buttato, ma dopo aver negato più e più volte con determinazione non potevo confessare di averlo lanciato nella stufa. Ormai la bugia doveva seguire inesorabilmente il suo corso, io non potevo riavvolgere il nastro. Avevo negato troppo e a lungo per potermi riscattare. La bugia aveva assunto una vita propria. Era più forte di me. Procedeva seguendo un suo rigido programma. Io invece avevo soltanto paura di essere scoperta e mal giudicata.

«E quando dopo cena, quello che io già immaginavo come il mio futuro marito, accese la stufa, assistetti all'operazione senza fiatare, in preda a una enorme tensione, come se davanti a me si stesse realizzando un'esecuzione capitale e a bruciare nella fiamma ci fossi io stessa, novella strega d'altri tempi.»

Inutile dire che dopo quell'incidente i due si persero di vista. Senza alcuna spiegazione. Lei confusa. Lui diffidente. Tra di loro si era interposta un'ombra, avrebbe spiegato il mio professore junghiano.

Anch'io le dissi qualcosa del genere. Sebbene non ricordi le parole esatte, il senso del mio discorso fu più o meno questo:

frammenti del nostro inconscio, rimossi e rifiutati, come la paura di fare una brutta figura, possono imporsi e indurci a comportamenti che non condividiamo, gesti e parole dotate di una loro autenticità nascosta che non riconosciamo come nostra e che, tuttavia, produce degli effetti.

Può sembrare una spiegazione contorta, me ne rendo conto, ma ha una sua logica e comunque risulta più comprensibile, alla fine, di talune frasi ermetiche che si trovano nei libri di Lacan.

14

Festa di laurea

Ma torniamo al nostro neolaureato, quella sera sospettato numero uno.

Alessio era circondato dagli amici che, dopo avergli sistemato una corona di alloro sulla testa e averlo applaudito a lungo, gli davano pacche sulle spalle, facevano battute scherzose e non perdevano occasione per abbandonarsi a rumorose risate.

Immersi in un allegro brusio, i genitori e i parenti anziani bevevano e gustavano gli stuzzichini che una giovanissima cameriera, strizzata in un tubino nero con un ampio spacco, porgeva con studiata eleganza. Nonostante i vertiginosi tacchi a spillo, riusciva a mantenere in perfetto equilibrio l'ampio vassoio.

Come musica di sottofondo una giovane dj aveva messo un ritmo latino che invogliava ad agitare le anche. Una coppia di arzilli settantenni si lanciò nella danza mentre gli invitati tutt'intorno facevano spazio.

Io rimasi per un tempo piuttosto lungo in mezzo a un grappolo di sconosciuti con un drink in mano, intenta a seguire la conversazione per captare qualche elemento utile. *Prima o poi verrà fuori il tema della tesi e potrò inserirmi nel discorso.*

Fu Valentina, finalmente, a parlarne in tono scherzoso: «Ora che sai tutto su come si uccide una moglie potremo finalmente sposarci!». Lo disse a voce alta, con un tono allegro, guardando

Alessio negli occhi e tutti scoppiarono a ridere. Qualcuno applaudì. Qualcun altro: «Sei ancora in tempo per tirarti indietro!» commentò.

Una tesi sul femminicidio, dunque, basata su una serie di casi reali. Incrociai lo sguardo dell'agente, anche lui ai margini del gruppo, ma né io né lui perdemmo il nostro self control. Non una sola sillaba uscì dalle nostre labbra. Ci limitammo ad assentire con un sorriso convenzionale stampato sul viso.

Può non significare nulla, pensai, così come potrebbe significare molto. Tra conscio e inconscio c'è un travaso continuo. È vero che la coscienza, razionale, può tenere sotto controllo gli impulsi irrazionali, e infatti nella maggior parte dei casi è quello che si verifica, altrimenti la razza umana si sarebbe ormai estinta da un bel po'; ma è altrettanto vero che molti omicidi sono frutto di spinte che la razionalità non riesce ad arginare, anzi a volte è proprio la razionalità che alla fine dà una mano alla violenza dei sentimenti e completa l'opera.

Ho sempre provato un forte interesse per gli intrecci criminali e i loro esiti, anche perché non si può escludere a priori che un criminale, di quelli tosti con una vita "normale" alle spalle, approdi un giorno nello studio di uno psicoterapeuta.

Per prepararmi a questa eventualità, all'Università avevo seguito un corso di criminologia da cui avevo imparato moltissimo, tra cui la distinzione fondamentale tra tipi disorganizzati e tipi organizzati.

I primi agiscono impulsivamente (paura, invidia, odio, risentimento...) uccidendo quando se ne presenta l'occasione, senza una reale pianificazione. Per esempio quando comprendono di poter essere smascherati, oppure abbandonati, come reazione a un attacco o accecati dalla rabbia durante un litigio. E così via. Non sono metodici, non occultano le tracce o lo fanno in modo incompleto e, poiché sono sotto il dominio delle loro emozioni, possono fuggire velocemente dal luogo del delitto e sparire per un tempo più o meno lungo. Il che però ha l'effetto di addensare i sospetti su di loro.

I tipi organizzati, invece, sono assassini lucidi, intelligenti e assai metodici nella pianificazione del crimine. Riescono a mantenere un controllo sullo svolgimento del delitto. Spesso hanno conoscenze specifiche sui metodi della polizia, derivate anche dalla lettura di gialli, che applicano allo scopo di occultare scientificamente le prove. Seguono con attenzione l'andamento delle indagini attraverso i mass media e concepiscono i loro omicidi come progetti di alto livello. Sono proprio quest'ultimi che, avendo una vita sociale ordinaria, amici, amanti, o addirittura una famiglia, possono poi approdare nello studio dello psicoanalista non tanto per curarsi quanto per acquisire ulteriori informazioni sul funzionamento della mente umana.

Queste reminiscenze universitarie ebbero l'effetto di aumentare i miei sospetti nei confronti di Alessio: non solo il nostro neolaureato in "femminicidio" era abilissimo nel mentire, come aveva dimostrato nel presentarci ai suoi ospiti, ma voleva mantenere segreto alla sua promessa sposa un aspetto non irrilevante del suo passato.

Senza dare nell'occhio mi avvicinai al festeggiato e gli bisbigliai nell'orecchio: «Dunque la tesi è sui femminicidi...».

«Un tema molto attuale e tragico, non trova?» fu la risposta pronunciata con tranquillità.

«Purtroppo» commentai guardandolo dritto in viso per non lasciarmi sfuggire una eventuale incertezza, un imbarazzo, uno sguardo ambiguo.

Lui invece ribatté senza esitazioni: «Purtroppo sì, dottoressa. Non ci sono soltanto le donne uccise dai partner, ci sono anche i figli di queste poverette che da un giorno all'altro si ritrovano orfani di madre e con un padre in galera».

«Già...» commentai compunta.

«Sta pensando a una coincidenza, dottoressa?»

«Veramente non so ancora cosa devo pensare.»

«Se mi conoscesse non avrebbe dubbi.»

«Voglio crederle. Non ho alcun motivo per dubitare» risposi. E mentre nella mia immaginazione si accavallavano figure della letteratura come Dottor Jekyll e Mister Hyde, il Sosia di Dostoevskij e William Wilson di Edgar Allan Poe, gli chiesi con un sorriso incoraggiante: «Mi spieghi allora che cosa succede nella mente di un uxoricida. Perché non riesce a bloccarsi di fronte alla reazione della vittima? Alla sua paura, alle sue implorazioni e alla gravità di quello che sta facendo?».

Lui sorrise di rimando: «È lei che dovrebbe spiegarlo a me, dottoressa. Io, comunque, una mia idea me la sono fatta. L'omicida non si ferma anche se la vittima lo implora, anche se intuisce a che cosa sta andando incontro, perché l'odio e la rabbia sono emozioni molto invasive, trascinanti, difficili da governare. Una volta che si mettono in moto diventano inarrestabili. E sa perché?».

«Mi dica.»

«Perché come ogni emozione anche l'odio e la rabbia generano delle forme di piacere...»

In quel momento mi suonò il cellulare. Alessio si interruppe e io mi allontanai di qualche passo.

Era Cigoli.

«Può tornarsene a casa, cara dottoressa Marras. Non è lui l'aggressore. Ho avvisato l'agente Caruso un attimo fa. Domani mattina le telefono e la aggiorno. Grazie ancora per la disponibilità. Le auguro una buona serata. Un abbraccio.»

E infatti vidi Caruso avvicinarsi ad Alessio e comunicargli qualcosa all'orecchio che ebbe l'effetto di illuminargli il viso.

«Tutto okay dunque!» fu l'esclamazione gioiosa di Alessio.

Avrei voluto chiedergli il seguito di quella frase che poco prima aveva lasciato a metà, ma ormai il clima era cambiato. Era su di giri. Visibilmente felice per lo scampato pericolo. Non ci voleva più pensare.

Bofonchiai qualcosa su una telefonata da casa che mi richiamava all'ordine.

Salutai con un cenno l'agente Caruso. Presi le mani di Alessio tra le mie e gli augurai ogni bene. A Valentina stampai due sonori baci sulle guance. Dagli ospiti mi congedai con un saluto collettivo a distanza, cordiale, sorridente e soprattutto rapido.

Avevo fretta di tornarmene a casa per cenare con Lorenzo e le bambine.

Forse non hanno ancora iniziato… Ele e Lu saranno contente di cenare con la loro mamma, ultimamente troppo impegnata con il lavoro. Lorenzo si sentirà sollevato dalla mia presenza e mi accoglierà con entusiasmo.

Non è facile per lui gestire da solo le due pesti, convincerle a lavarsi le mani, a legarsi reciprocamente il tovagliolo intorno al collo, a stare sedute a tavola in modo corretto, a usare le posate invece delle dita.

Il pensiero di una serata con la mia famiglia mi mise di buon umore.

Dopo una giornata impegnativa potrò rilassarmi, scherzare con loro, leggere alle bambine un racconto divertente e ascoltare i loro commenti.

Mi predisposi quindi mentalmente e fisicamente a un radicale cambio di scenario.

La porta di casa era chiusa a doppia mandata. Le luci erano tutte spente. In mezzo al tavolo del soggiorno c'era un foglio a quadretti con questa scritta in stampatello: SIAMO A CENA DALLA NONNA.

Clori, mia suocera!

Ogni lettera era scritta con un pennarello di colore diverso.

Speriamo che Clori non trovi qualcosa da ridire. Che non insinui cose che possano mettere Lorenzo di cattivo umore.

È una persona più che civile, ma è pur sempre una suocera… A volte basta una parola, un sospiro, uno sguardo di traverso per suggerire un'interpretazione, per smontare un sillogismo, per instillare un dubbio. A volte un'alzata di sopracciglio per togliere credibilità a un'affermazione più che legittima. E Clori, parola di psicoterapeuta, è una specialista della demolizione silenziosa.

15

Nei panni di Sherlock Holmes

La mattina successiva Cigoli mi confermò ciò che mi aveva anticipato: Alessio Bini non era l'aggressore di Margherita.

Gli esperti della scientifica avevano analizzato attentamente le registrazioni della telecamera attiva sul distributore di benzina la sera dell'aggressione, senza trovare nessun segno del passaggio di Bini.

Tornando indietro, però, fino a quattro giorni prima, Alessio appariva ben visibile sullo schermo. La scena del registro che cade e dei fogli che si disperdono a terra era chiarissima. Lo si vedeva affannarsi a raccogliere il materiale, aiutato dal benzinaio. Ma non il signore che aveva parlato con l'agente Caruso, bensì il titolare: quello che era poi andato in Marocco per una visita alla famiglia.

Dunque, c'era stato un equivoco grande quanto una casa. Alessio Bini non era l'aggressore ma soltanto il ladro.

«Al termine del rinfresco l'agente Caruso ha accompagnato il dottor Bini alla sua abitazione e si è fatto consegnare il registro che ora ho in custodia nel mio ufficio.»

«Come è possibile che Caruso non abbia suscitato sospetti nella fidanzata di Bini e negli altri invitati?» chiesi incuriosita.

«Caruso ci sa fare e Bini ha escogitato una spiegazione plausibile, tipo che voleva consegnare una copia della tesi al poliziotto che l'aveva aiutato nella raccolta dei casi. Il ragazzo è rapido di intelletto. Da questo punto di vista tutto è filato liscio come l'olio.»

«Eliminato il sospettato numero uno, resta dunque da chiarire chi ha aggredito Margherita e per quale motivo, visto che il registro, intorno a cui ruota tutta questa ingarbugliata vicenda, era nelle mani di Bini già quattro giorni prima dell'aggressione. Come nel gioco dell'oca bisogna tornare indietro e rilanciare.»

Cadeva anche la mia ipotesi, che fortunatamente non avevo ancora esplicitato a nessuno, che Olga Belotti fosse stata complice di Alessio Bini, dato che il furto era avvenuto in un giorno diverso da quello dell'uscita anticipata dell'infermiera.

«Proprio così. Cara dottoressa Marras. Stiamo vagliando nuove ipotesi. Ci rifletta anche lei.»

Bisogna allora riconsiderare Egisto, Olga e chi altri? Camillo? Adelia?

Colpo di tosse. Poi il commissario riprese: «Pensavo a un sopralluogo sulla scena del crimine, se potesse essere presente anche lei... sarebbe molto utile. Ci sarà anche l'agente Caruso».

«Molto utile! Ma non ne avete già fatto uno?»

«Certo che l'abbiamo fatto. Abbiamo anche raccolto delle impronte digitali. Ma per sicurezza vogliamo tornarci; non sempre si colgono tutti i dettagli, soprattutto la prima volta... e lei...»

«... che conosce Margherita, è questo che mi vuole dire commissario?» usai un tono cantilenante.

«Sì, è questo che le voglio dire. Proprio in base a questa sua conoscenza potrebbe vedere dettagli che un normale poliziotto non riesce a cogliere o magari li vede ma li sottovaluta. Ci vuole un *outsider*, come lei...»

«Già, un *outsider*...» bofonchiai presagendo ciò che stava per propormi.

«Allora alle quindici, sulla scena del crimine?»

Questa vicenda mi stava mandando all'aria tutte le sedute. Non sarebbe stato facile convincere le due pazienti molto suscettibili con cui avevo appuntamento nel pomeriggio. Era però difficile tirarsi indietro. D'altro canto, anch'io ormai c'ero talmente dentro che volevo venire a capo di questa storia. Mi arrovellavo tra varie ipotesi sull'identità dell'aggressore. Anche durante le sedute mi sorprendevo a immaginare scenari diversi, a valutare i pro e contro, quando invece avrei dovuto ascoltare con maggiore attenzione i miei pazienti.

«D'accordo, alle quindici.»

Qualche ora dopo, terminata una lunga seduta con una coppia gay, di cui uno insisteva per il matrimonio e l'altro invece sosteneva che non era necessario sancire la loro unione con una formalità che non aggiungeva nulla al loro amore e che avrebbe creato dei problemi a suo figlio di undici anni, decisi che non sarei passata da casa ma avrei mangiato qualcosa nel bar di fronte.

Prima di uscire dallo studio raccomandai a Marisa, che certamente, curiosa com'è, aveva ascoltato la telefonata con il commissario, di spostare gli appuntamenti del pomeriggio al giorno successivo usando tutto il tatto possibile.

Quando arrivai, l'ispettore e l'agente Caruso mi stavano aspettando al portone. Caruso mi porse dei guanti di plastica azzurra: «Li infili. Non dobbiamo lasciare impronte».

Anche loro indossavano guanti di plastica dello stesso colore.

«Abbiamo già fatto varie foto, ma ne faremo altre in modo da fissare la scena del crimine da ogni angolatura prima di prelevare altre eventuali prove.»

Salimmo le due rampe di scale. Avrei preferito fossero loro a precedermi. Una questione di diversità di genere, mia personale, idiosincrasica, certamente, ma forte di una sua motivazione. Gli uomini sono condizionati dai loro ormoni a guardare il sedere delle donne e a fare immediatamente delle valutazioni. La cosa è sempre irritante, ma lo è soprattutto nelle situazioni di lavoro. Non ci fu modo però – ufficialmente lasciare il passo a una donna è considerato un atto di cavalleria – e dovetti salire prima di loro. Invece dei jeans attillati quella volta avrei preferito un gonnone scampanato anni Sessanta.

Arrivati sul pianerottolo, Caruso sfilò da una tasca un coltellino svizzero con cui staccò i sigilli dalla porta avendo cura di non rovinarla, poi inserì una minuscola chiave nella toppa e aprì con una sola mandata.

Un segno della superficialità di Margherita era non avere mai installato una porta d'ingresso blindata, non solo per la delicatezza della documentazione, intorno a cui come si è visto ruotavano interessi e appetiti diversi, ma anche perché in studio c'era un grosso contenitore di azoto liquido a duecento gradi sottozero contenente le fialette con lo sperma dei donatori. Un bagaglio preziosissimo che ospitava progetti di vita destinati a realizzare nuove esistenze. Il pensiero che quel bidone potesse cadere a terra, essere danneggiato o aperto e maneggiato da mani inesperte o, peggio ancora, furtive, mi creava uno stato di forte apprensione.

Attraversammo la sala d'aspetto dove c'erano la scrivania di Olga, il suo schedario e di fronte le poltroncine per l'attesa delle pazienti. La porta dello studio di Margherita era spalancata. Caruso accese la luce ed eccoci davanti agli occhi la scena del crimine, ancora intatta, a eccezione del corpo della vittima.

In terra, sul parquet, una grande macchia di sangue rappreso e, a poca distanza, l'arma del delitto anch'essa imbrattata.

«Purtroppo il sangue della dottoressa raggrumato sulla pietra ricopre quasi tutta la superficie» commentò Caruso con disappunto.

«Una piccola parte però non è contaminata e potrebbe rivelare qualcosa» aggiunse Cigoli.

Non me l'aspettavo, il sangue in genere non mi fa alcun effetto, lo considero una secrezione naturale come la saliva, le lacrime, il sudore e lo sperma, ma nel vederlo raggrumato in terra e su quel sasso di famiglia, cui Margherita era affezionata, mi venne un conato di vomito. Improvviso e irrefrenabile.

Mi precipitai in bagno con entrambe le mani premute sulle labbra e vomitai nel WC la birra e il toast che, per non essere in ritardo all'appuntamento, avevo ingurgitato in fretta e furia mezz'ora prima uscendo dall'ufficio.

Mentre loro scattavano altre foto con il flash muovendosi guardinghi nello studio privato di Margherita, io scaricai lo sciacquone un paio di volte, mi lavai le mani col sapone e mi lavai bene la bocca.

Nell'afferrare un tovagliolo di carta dal distributore appeso al muro lanciai casualmente un'occhiata sul cestino dei rifiuti collocato al di sotto. Era vuoto, com'era prevedibile, dato che c'era già stato un primo sopralluogo. Dalla base del cestino sporgeva però un minuscolo pezzetto di carta, un angolino bianco, bagnato e apparentemente insignificante. Non sono Sherlock Holmes e neppure particolarmente curiosa; quando mi trovo nelle case degli altri cerco sempre di rispettare la privacy, eppure, non so come, capovolsi il cestino e vi trovai appiccicato un biglietto del tram spiegazzato e parzialmente cancellato. Mi rimisi al volo i guanti di lattice. *Non vorrai mica rischiare di essere rimproverata dal commissario!*

Lo afferrai col pollice e l'indice e cercando di non sgualcirlo più di quanto già non fosse lo portai a Cigoli: «Guardi lei» gli dissi «che è del mestiere, c'è una data...».

Sorpreso e sospettoso aggrottò la fronte: «Lo lasci scivolare dolcemente sul piano della scrivania».

Quando seppe dove l'avevo trovato si rivolse a Caruso con un tono di voce vagamente accusatorio: «Possibile che ci sia sfuggito?».

Caruso strinse le labbra in segno di disdetta. Sollevò poi il biglietto con un paio di pinzette e, dopo averlo osservato attentamente, confermò: «La data è di quel giorno».

«Lo riponga nella bustina di plastica» gli ingiunse Cigoli che, con un tono studiatamente pacato, cercava di non perdere la calma.

A testa bassa Caruso fece un impercettibile cenno di assenso. Estrasse da una cartella similpelle una bustina di plastica trasparente e vi inserì il biglietto del tram. Infilò poi il nuovo reperto in uno scomparto interno della borsa.

«Lo esamineranno gli esperti della scientifica. Se fosse stato emesso nelle ore immediatamente precedenti il delitto sarebbe un buon indizio su cui lavorare. Dal timbro si potrebbe dedurre l'ora di partenza e quella di arrivo e, magari, anche la fermata in cui il nostro uomo è salito.» Mi spiegò Cigoli.

«Potrebbero anche esserci le impronte digitali?»

«Certamente. Le confronteranno con tutte quelle che abbiamo trovato nello studio e che, se siamo fortunati, potremmo trovare anche sul sasso. Bel colpo dottoressa, ha visto che ho fatto bene a farla partecipare a questo nuovo sopralluogo?»

«Un colpo di fortuna» mi schermii. Non era certo il momento di attribuirsi dei meriti di fronte a lui e all'imbarazzato Caruso. Strano che nessuno avesse pensato di capovolgere il cestino. Evitai però di tradurre in parole questo mio pensiero. Chiesi invece: «Dunque questo biglietto potrebbe metterci sulla buona strada?».

«Sì, forse... La zona di partenza potrebbe indicarci il quartiere da cui si è mosso l'aggressore quella sera.»

«Che potrebbe essere nei pressi della sua abitazione, dico bene?»

«Dipende se avremo fortuna oppure no» rispose il bel commissario lisciandosi i baffi. «Ora dobbiamo occuparci di quel pezzo di sienite. Lo avvolga con delicatezza e lo metta nel contenitore di plastica che abbiamo portato» disse rivolgendosi a Caruso.

«Quando siamo venuti qui la prima volta non avevamo un contenitore abbastanza grande in cui collocarlo» disse anticipando la mia domanda. «Verrà esaminato dal nostro laboratorio scientifico, così vedremo se per caso emergono delle impronte, non tutto il sasso, come vede, è ricoperto di sangue.»

«Mi terrà al corrente degli sviluppi?»

«Certamente! Ormai siamo una coppia.»

«Coppia?» esclamai stupita. «Coppia come?»

«Non abbia timore. Molti lavorano in coppia: dai poliziotti ai piloti di aereo, dai macchinisti dei treni ai procuratori, per non parlare dei genitori.»

E mentre l'agente Caruso si allontanava per fotografare il famoso armadio a vetri da una nuova angolatura, Cigoli si lisciò un baffo.

«Sono ruoli complementari, che si completano, appunto... come succede anche tra un uomo e una donna» sorrise, sciocamente allusivo.

«Già...» Lo ammetto, provai un brivido di emozione lungo la schiena.

Ecco che fa il galante... Chissà se lo attraggo veramente o se è soltanto un vezzo per mostrarsi intraprendente con le donne e ribadire la propria virilità. Tipico comportamento narcisistico maschile.

D'altro canto, il cervello maschile è diverso da quello femminile e ognuno segue le proprie logiche.

Nell'uscire dallo studio di Margherita, Caruso sistemò con cura i sigilli alla porta d'ingresso.

Mi riaccompagnarono a casa con l'auto di servizio. Loro seduti davanti. Io dietro. Mentre scendevo, Cigoli, che si era precipitato ad aprirmi lo sportello, prese delicatamente le mie mani tra le sue, il che stava a significare che intendeva comunicarmi qualcosa di importante che dovevo ascoltare.

«Dottoressa Vanda, ora che siamo una coppia, che ne dice se ci dessimo del tu e ci rivolgessimo l'un l'altra chiamandoci per nome? Avrei preferito che la proposta partisse da lei, ma visto che non l'ha fatto oso farlo io. Non mi fraintenda, non vorrei sembrarle sfacciato, ma si lavora meglio insieme quando si supera la barriera delle formalità.»

Una richiesta di questo tipo fatta a Torino mi avrebbe molto stupita, a Roma, invece, capita spesso che qualcuno ti dia del tu senza nemmeno chiederlo. È un'abitudine – qualcuno mi aveva spiegato una volta – che risale alla Roma antica. Lui però me lo chiese.

Colta di sorpresa risposi: «Sì, certamente». Lo dissi in tono affrettato ma lo dissi. Sotto la pressione delle sue mani e del suo sguardo, non mi vennero in mente risposte alternative.

«Allora Vanda e Marcello. Okay?»

«Okay!»

Mentre sfilavo le mie mani dalle sue, temo ahimè di essere arrossita.

Subito dopo ebbi un momento di esitazione: «Dovremo ancora lavorare a lungo insieme?» il tono intendeva essere tra l'ironico e lo sbarazzino.

«Me lo auguro. Tu no?»

«Non saprei» mormorai. «Verrà fuori un colpevole a un certo punto...»

Prima di rimettersi svolazzante alla guida dell'auto mi afferrò di nuovo una mano e ci posò sopra un bacio. Poi, sollevando il capo, mi fissò intensamente negli occhi.

Ma che stiamo facendo – pensai irritata mentre salivo le scale di casa – *sono una donna felicemente sposata con due gemelle impegnative, non certo un'adolescente preda di infatuazioni amorose!*

Eppure, era innegabile che stavamo flirtando.

A casa trovai le gemelle indaffarate a realizzare una torta di noci e carote. Una ricetta piuttosto complicata. Enormi chiazze bianche di farina, burro e lievito ricoprivano il pavimento a piastrelle, qua e là interrotte da trucioli di carote e gherigli di noce frantumati. C'erano tegami grandi e piccoli dappertutto e le bambine avevano mani e viso impastati di un amalgama colloso.

«Gesummaria!» esclamai pensando al tempo che sarebbe stato necessario per ripulire la cucina. Era venerdì e Joy, la nostra colf, sarebbe tornata soltanto lunedì mattina.

Le due pesti, impegnate con il loro intruglio, si limitarono a guardarmi con un sorriso soddisfatto.

«Amore...» lanciai una voce a Lorenzo che stava lavorando al computer nel suo studio «tu hai idea di che cosa sta succedendo in cucina?»

Lo raggiunsi e gli posai un bacio tra i capelli.

«Certo che lo so. La ricetta è ottima. L'abbiamo trovata sull'Artusi di mia madre.»

«Fanno tutto da sole?»

«Mi hanno promesso che mi chiameranno quando arriverà il momento di accendere il forno» fu la risposta in tono studiatamente pacato. Poi, con una punta polemica aggiunse: «Ancora col *tuo* commissario?».

«Col commissario e con l'agente Caruso.»

«Capisco, una cosina a tre.»

«Scemo! Ci sono nuovi indizi e la rosa dei sospettati si restringe.»

«Bene, così avremo il piacere di rivederti di nuovo a casa, di tanto in tanto.»

«Non vorrai regredire allo stadio ancestrale del marito geloso che per la propria tranquillità vuole la donna inchiodata ai fornelli?»

«Non è certamente il tuo caso!» ironizzò.

Il dialogo, che rischiava di diventare scivoloso, fu interrotto bruscamente da un fragore di tegami che rotolavano, uno dopo l'altro, a terra.

Mi precipitai in cucina. L'impasto della torta di noci e carote ora formava un lago giallognolo sul pavimento circondato da chiazze e schizzi che arrivavano fino in corridoio dove, per inciso, il parquet non è impermeabilizzato. Si trattava soltanto di raccogliere, buttare e pulire con stracci, acqua calda, detersivo e spazzolone.

16

Tre indizi fanno una prova?

Tre giorni dopo, il primo paziente della giornata fu Mariano, un giovane tossico che era sulla via giusta per uscirne ma che non era ancora del tutto pulito. Mi attendeva da circa mezz'ora e, al contrario di quanto si era verificato altre volte in cui l'avevo fatto attendere anche per tempi più brevi, non dava segni di impazienza.

Aveva gli auricolari ben calcati nelle orecchie e si spostava per lo studio seguendo una musica che non potevo udire ma che lo spingeva ad ancheggiare in modo fluido, a tratti lento e a tratti più veloce. Non lo vedevo da due settimane. *Sta migliorando a vista d'occhio,* pensai soddisfatta. E, infatti, dopo essersi sfilato gli auricolari ed essere sprofondato nella poltrona arrivò, del tutto inaspettata, la novità. Quasi un miracolo per me che all'inizio avevo faticato tanto perché la smettesse di spacciare e in seguito perché riducesse le dosi con cui si faceva.

«Ho scoperto di essere un mago dello skateboard!» esclamò trionfante.

«Davvero! E come l'hai scoperto? Non sapevo che ti piacesse lo skateboard.»

«Pensavo fosse una cosa da sfigati e non ho mai voluto provare e invece, appena ho messo i piedi sulla tavola, ho scoperto di saperci fare. Ho cominciato con i rettilinei, poi sono passato alle curve e ai salti. E mai una caduta vera e propria, soltanto qualche scivolata. Posso far volare la tavola e poi riprenderla senza fermarmi. Quelli del gruppo sono stupefatti perché sanno che non l'avevo mai fatto prima.»

«Fantastico! Ci vai spesso?»

«Certo che ci vado. Quasi tutti i giorni. Sono diventato una specie di campione. Mi sono anche iscritto alle gare che fanno ogni venerdì pomeriggio.»

«Molto bene. Mi fa piacere che tu ti sia lanciato in una nuova impresa e che abbia avuto successo.»

«Tanta adrenalina!»

«Meglio della droga?»

«Una figata, dottoressa, una figata!»

Sulla droga non rispose per non darmi soddisfazione e io non insistetti. Lo lasciai parlare di quella nuova esperienza che per lui rappresentava una scoperta e un successo imprevisto, molto gratificante per gli apprezzamenti che riceveva dagli altri ragazzi e un grosso passo avanti nella terapia.

Nonostante i suoi diciott'anni Mariano è un adolescente, e la terapia con gli adolescenti è più difficile che in qualsiasi altra età. Emozioni e ormoni sono le sabbie mobili in cui annaspano. Affiancarli si può e si deve ma senza formulare giudizi, interpretazioni e men che meno critiche. Di talune ferite non vogliono parlare. Esclusione dal gruppo, tradimento di un amico, delusioni sentimentali, soprusi domestici, bruciano molto più degli insuccessi scolastici. Ammettere queste ustioni per loro è come togliersi la corazza e ritrovarsi nudi. Bisogna trovare un lenimento al dolore e Mariano l'aveva trovato nella droga.

Ascolto, ascolto e ancora ascolto, come raccomanda papà Freud. E mentre li si ascolta ci si sforza di calarsi nella loro mente e di entrare nella loro pelle. E quando non parlano, quando tengono ostinatamente la bocca chiusa, si tace insieme a loro. Muti ma presenti. Anche il silenzio va ascoltato. Essere lì con loro è ciò che conta. Poi all'improvviso può succedere che una nuova esperienza, come lo skateboard, capovolga le prospettive.

Mi complimentai e gli chiesi se, ora che nella sua vita era entrata quella passione, i rapporti in casa fossero migliorati.

All'inizio sembrava non volesse rispondere a una domanda così diretta. Buttò la testa all'indietro e fissò il lampadario a boccia che pende dal soffitto. Fece schioccare le nocche delle dita e si morse un'unghia. Poi si drizzò inaspettatamente sulla poltrona. Col capo reclinato in avanti, il ciuffo dei capelli sugli occhi, i gomiti sulle ginocchia e guardandomi dal basso, mi spiegò che in famiglia le cose andavano un po' meglio anche perché lui ora prestava meno attenzione alle sfuriate di suo padre.

«Ho capito che sono meno problematico io di lui» disse con un sorriso di compiacimento al termine della seduta.

«Vorrà dire che in terapia verrà tuo padre!» gli risposi in tono scherzoso mentre fissavamo il nostro prossimo appuntamento di lì a una settimana.

E mentre riflettevo, in attesa del paziente successivo, su come eventi imprevisti possano innescare cambiamenti importanti nella vita delle persone, specialmente negli adolescenti, ecco il cicalino telefonico di Marisa dalla stanza accanto: «C'è il commissario Cigoli in linea, glielo passo o dico che è in riunione?».

«Se gli diciamo che sono in riunione non ci crede. Diciamogli che sono in un intervallo tra un paziente e l'altro e ho poco tempo a disposizione, ma che lo ascolto volentieri.»

Di lì a poco, ecco di nuovo la voce squillante di Marisa: «Dice che non vuole disturbarla mentre lavora, ma che ci sono novità importanti. Che il biglietto del tram ha fatto bingo».

«Proprio così ha detto, che il biglietto del tram ha fatto bingo?»

«Proprio così...»

«E non ha detto altro?»

«No. Ha detto che la saluta.»

Accidenti avrei fatto meglio a rispondergli senza fare la difficile, ora mi toccherà chiamarlo per sapere se quel biglietto era di Adelia, di Egisto o di Olga. I tre maggiori sospettati. Più Camillo, il ragazzo sedicenne, come riserva. Riserva, riserva però, perché a occhio mi sembra improbabile.

Adelia era verosimile. Non era facile per una donna avere la meglio su Margherita, forte e robusta com'era, Adelia però era pazza e la pazzia dà, nei momenti di maggior furore, una forza incontenibile. Non solo forza ma anche una folle determinazione. E chi si vede di fronte il viso stravolto dell'omicida spesso è talmente sopraffatto dallo spavento da non riuscire a organizzare al meglio un piano di difesa. Restava poi da chiarire se quel giorno Margherita indossava i tacchi a spillo. Il che l'avrebbe resa più vulnerabile. Su questo punto avevo chiesto delucidazioni, sia a Cigoli che alla dottoressa che l'aveva in cura, ma non avevo ancora ricevuto una risposta.

Il fatto che Margherita avesse sbattuto due volte le palpebre alla parola "registro", non scagionava del tutto Egisto. È vero che fisicamente era meno robusto di Margherita, più basso e con le braccia più corte, psicologicamente aveva però tutte le caratteristiche del femminicida. Aveva anche un accesso più facile ai registri dello studio. Escluderlo dalla terna degli indiziati mi sembrava imprudente. Non dimentichiamo che se quella sera avesse indossato i tacchi, come incautamente era solita fare,

Margherita si sarebbe trovata in una posizione di forte instabilità anche nei suoi confronti.

Anche Olga poteva rientrare a pieno titolo tra gli indiziati. «Tre indizi fanno una prova» è la regola di Agata Christie e i tre indizi per lei c'erano tutti quanti. Primo: se ne era andata dallo studio alle diciotto adducendo un impegno, ma nulla vietava che fosse poi tornata dopo la chiusura. D'altronde chi meglio di lei conosceva gli orari di Margherita? Secondo: aveva una chiave che le consentiva di accedervi in qualsiasi momento. Terzo: Olga covava del risentimento verso Margherita sia per la sindattilia di Gioia, che era diventato il suo pensiero fisso, sia per il rifiuto di darle informazioni sul patrimonio genetico del donatore.

Di Camillo sapevo soltanto che voleva mettersi in contatto col suo donatore. Non si era parlato di registri in modo esplicito. Mi aveva fatto una buona impressione, non certo quella di uno scassinatore violento, però non si può mai sapere di che cosa è capace un sedicenne preda del testosterone. A quell'età investe ogni cellula del corpo!

Al termine di questa riflessione avrei scommesso che fosse stata Olga a sferrare quel colpo micidiale sul viso di Margherita. Non solo per i tre indizi ma anche per il suo modo sfuggente di esprimersi in alcuni momenti dell'interrogatorio. I suoi imbarazzi, le sue risatine. Forse pesava persino una serpeggiante antipatia nei suoi confronti.

E invece dovetti ricredermi.

17

Ricostruzioni

Sono di nuovo al commissariato. *Ormai sto più qui che a casa!*

«Abbiamo individuato il colpevole» esordì Cigoli quando ci incontrammo nuovamente per quello che lui definì un "incontro di approfondimento".

«Gli esperti del laboratorio scientifico hanno trovato un riscontro tra un'impronta miracolosamente rimasta impressa sulla sienite in uno spazio libero dal sangue e quella sul biglietto del tram. Sono le stesse. Dal biglietto del tram sono anche emerse in maniera inequivocabile la fermata e l'orario di partenza da cui abbiamo dedotto quello di arrivo. Questo va a tuo merito, lo sai, non è però ancora chiaro per quale motivo la Rubini, così si chiama, abbia fatto quello che ha fatto.»

Era arrivata allo studio un paio d'ore prima dell'aggressione, aveva atteso che Margherita congedasse l'ultima cliente accompagnandola alla porta, dato che Olga era andata via prima. Aveva poi affrontato Margherita e combinato il macello che aveva combinato.

«Adelia!» esclamai e in un attimo ricostruii tutta la vicenda.

«Adelia Rubini, sì… la conosci?»

«Non l'ho mai incontrata, ma so chi è.»

«Diavolo di una donna!» esclamò «È una tua paziente?»

«Lo sarebbe potuta diventare, ma evidentemente ha preferito prendere la scorciatoia.»

Mi fissò per qualche istante lisciandosi i baffi. Lessi nel suo sguardo una punta di delusione, come se io non avessi le caratteristiche della collaboratrice fidata che lui si attendeva. «Come mai non me l'hai segnalata?»

«Non avevo elementi sufficienti» risposi sentendomi colta in fallo, anche se non ce n'era motivo. Solo a posteriori la registrazione forniva elementi utili, tant'è che non avevo neppure pensato di coinvolgere la tirocinante nell'inchiesta. Fu invece molto utile a Simona, per la sua formazione, riascoltare per intero, il sabato successivo insieme a me, la registrazione del colloquio, quando ormai dell'aggressione parlavano anche i giornali.

«Anche le ipotesi, i piccoli indizi, servono in questi casi, cara la mia dottoressa» sospirò.

«Dov'è ora?» domandai per porre fine all'imbarazzo che quella situazione mi stava provocando.

Pausa.

«Adelia Rubini è agli arresti domiciliari, si è chiusa in un silenzio totale e non ha ancora rivelato il motivo dell'aggressione. Il suo avvocato non si è ancora pronunciato, dice che è sotto shock e che al momento non ricorda nulla.»

«Amnesia da stress post traumatico» precisai.

«Sono però trascorsi nove giorni dal fattaccio ed è strano che non ricordi. Penso che simuli. Sei tu però la consulente che dovrà sbrogliare la matassa.»

Non risposi. Pensavo alla registrazione di cui Cigoli ignorava l'esistenza.

«Ho convocato il marito che ha confermato che la moglie era paziente dello studio ginecologico. Si è detto molto dispiaciuto per la dottoressa, l'aveva conosciuta anni prima, e sostiene di non sapere nulla di ciò che le è accaduto. Probabilmente confonde le date, ma è pronto a testimoniare che la moglie era sicuramente a casa quella sera. Per lui è tutto un equivoco. Hanno un figlio di cinque anni, Serafino, e non vorrebbe che lo shock subìto dalla madre avesse degli effetti su di lui. È preoccupato e cerca di proteggerlo.»

«Saranno i magistrati inquirenti a sbrogliare la matassa, io non ho alcun ruolo ufficiale in tutta questa vicenda. Sono soltanto un'osservatrice esterna.»

«Non sei soltanto un'osservatrice esterna» mi incalzò. «Lo sai bene. Hai seguito questa vicenda passo passo con molta partecipazione e attenzione e io ho l'impressione che tu sappia qualcosa in più... qualcosa che io non so, qualcosa che non mi hai ancora raccontato» mi rimproverò.

Difficile sostenere il suo sguardo. Eravamo seduti l'una di fronte all'altro. Istintivamente guardai altrove ed ebbi l'impressione di arrossire.

Lui colse la mia riluttanza a parlare.

«Vanda,» e pronunciando il mio nome appoggiò delicatamente la sua mano sulla mia «ho imparato a conoscerti e ho l'impressione che tu mi stia nascondendo qualcosa.»

«È una sua... una tua impressione... comunque se ti nascondessi qualcosa sarebbe perché non sono autorizzata a parlare.»

«Segreto professionale?»

Avvertii la sua mano premere sulla mia, la scrivania era diventata improvvisamente calda.

È un riflesso involontario, capita quando si segue un pensiero di fare dei movimenti inconsapevoli che favoriscono la concentrazione.

«È possibile» risposi.

«Tu, dunque, hai incontrato questa Adelia Rubini?»

«Incontrata personalmente no, so però che aveva un problema.»

«Psicologico?»

«Diciamo così, ma per il momento non posso raccontare nulla.»

Cercai di sfilare la mano, ma lui la trattenne.

Forse gli serve per tenere il filo del discorso.

«Un aspetto però potremmo chiarirlo insieme, o quanto meno intuirlo, senza per questo infrangere il segreto professionale a cui tieni così tanto: mi riferisco alla dinamica dell'aggressione, visto che il registro l'aveva rubato Alessio quattro giorni prima.»

«Sono sicura che stiamo pensando la stessa cosa» risposi.

Sorrise compiaciuto.

«E che cosa stiamo pensando tutti e due, dottoressa Marras?» la sua mano calcò sulla mia.

Si sta allargando un po' troppo, ma in fondo che male c'è se il contatto fisico aiuta a riflettere?

«Pensiamo che Adelia Rubini voleva delle informazioni su una persona segnata in quel registro» mi stupii nell'udire che la mia voce era roca come quella di una persona emozionata.

«Okay, procedi» incalzò.

Ora la mia mano era avvolta dalla sua come una vongola dal guscio. Una sensazione di calore partiva dal polso e saliva lungo il braccio fino alla spalla e di lì al collo, alle guance e al cervello.

«Margherita le avrà detto che non poteva dargliele perché il registro era stato rubato. Adelia però non le avrà creduto. È solo un'ipotesi, ovviamente.»

«Perché non le avrà creduto?»

Ora le sue dita cercavano di incrociarsi con le mie.

Svincolarsi o lasciar perdere? Lasciai perdere.

«Semplice. Perché altre volte aveva chiesto di poter avere quelle informazioni ma aveva sempre ricevuto dei dinieghi.»

«Si sarà sentita presa in giro e così ha reagito d'impulso, avventandosi su di lei in quel modo folle» disse Marcello esercitando una pressione sulle nostre dita che, incrociate, ora formavano una cupoletta.

«Forse Adelia era preda di uno stato di follia, ma questo non sta a me a dirlo, lo decideranno gli inquirenti» replicai resistendo al suo tentativo di strapparmi altri dettagli.

«Vanda, riesci a immaginarti la scena?» insistette.

Era indubbiamente un bell'uomo. Virile e affascinante. Mi stava di fronte e mi distraeva.

Chiusi gli occhi per immaginarmi la scena: «Immagino che Margherita si sia alzata, che sia andata verso di lei per calmarla, ma...».

«Ma?»

«Forse Margherita indossava un paio di scarpe con i tacchi a spillo.»

Cigoli si abbandonò a una fragorosa risata. Non abbandonò però la mia mano.

«E cosa c'entra?»

«C'entra, c'entra, nessuno lo vuole capire ma su quei trampoli, che le ho sempre sconsigliato, potrebbe aver perso l'equilibrio. Ne sono quasi certa. È come se la vedessi. Margherita è robusta, ha delle gambe che sono due colonne, non è fatta per quel genere di calzature.»

«Verificheremo anche questo singolare dettaglio. Per il resto, amica mia, la tua descrizione è convincente.»

«C'è anche un altro dettaglio non trascurabile. Se quella sera la signora Belotti non se ne fosse andata via prima o se almeno nell'andarsene avesse avvisato Margherita della presenza di una paziente senza appuntamento, il fattaccio non sarebbe accaduto. Durante l'interrogatorio che tu lei hai fatto, Olga ha parlato di una paziente, arrivata senza appuntamento, che insisteva per essere ricevuta e che Margherita aveva rifiutato più volte di ricevere.»

Cigoli assentì.

«Bene, quella paziente era la signora Rubini. Perché la Belotti se ne è andata senza segnalare la sua presenza? Margherita non sapeva che quella donna fosse in sala d'aspetto. È stata una grande scorrettezza non avvisarla, tanto più che la Rubini era una paziente un po' particolare… insistente… ossessiva.»

«Dunque, secondo te, la signora Belotti avrebbe potuto avere un ruolo? Pensi che fossero d'accordo?» strinse la mia mano così forte che le nocche mi facevano quasi male.

«Prove chiare non ce ne sono» risposi. «Solo loro potrebbero dire se si erano messe d'accordo oppure no. Certamente entrambe volevano il registro, ma Olga lavorando nello studio avrebbe potuto sapere che era stato trafugato.»

«Però non ne ha parlato nel corso dell'interrogatorio, ricordi? Segno che forse Margherita glielo aveva taciuto.»

«D'accordo. È probabile che Margherita non glielo avesse detto, per non rendere la questione di dominio pubblico. E per come conosco Margherita questa è la versione più attendibile. La signora Belotti però è stata sciatta. Avrebbe dovuto avvisarla, segnalarle che in sala d'aspetto c'era una cliente riottosa senza appuntamento, che insisteva per essere ricevuta a tutti i costi. Se sei in buoni rapporti con la tua capa l'avvisi, ci tieni che non succedano casini nel luogo di lavoro, con la persona che ti paga lo stipendio. Ma probabilmente i loro rapporti si erano ormai deteriorati.»

Marcello annuì. Poi, seguendo il filo di un suo ragionamento, disse: «C'è sempre un concorso di fattori, alcuni più rilevanti e altri meno. Non è detto che i meno rilevanti non abbiano un ruolo determinante nello sviluppo degli eventi, anche se alla fine possono non avere alcun peso dal punto di vista giuridico».

Questa riflessione ci lasciò entrambi pensierosi.

Ci fu una pausa durante la quale mi ricordai di Matteo, un mio paziente perseguitato da un episodio della sua infanzia, di cui non aveva mai parlato con nessuno.

Un suo amico un po' sbruffone, come può essere un tredicenne, si vantava di saper affrontare ogni tipo di prova e di rischio, in quanto dotato di "riflessi eccezionali". Si metteva spesso in situazioni pericolose uscendone indenne. Tuffi. Salti. Attraversamenti. Impennate col motorino. Adrenaliniche prove di coraggio che alimentavano la sua autostima.

Un pomeriggio in cui erano da soli. L'amico si vantava delle sue prodezze e lo accusava di non avere coraggio. «Sei un coniglio!» lo aveva provocato.

Nel battibecco che era seguito l'aveva sfidato ad attraversare i binari del treno. Si sarebbero dovuti lanciare quando l'avessero visto sbucare da una curva. Un punto davvero pericoloso nelle vicinanze del loro quartiere. Il mio paziente si tirò indietro all'ultimo momento, l'amico spericolato invece si buttò in avanti, sicuro di farcela, ma fu travolto dal treno.

Matteo non rivelò mai niente a nessuno di ciò a cui aveva assistito e delle modalità in cui si era svolto, e così non fu accusato di nulla anzi, fu compatito da tutti per la perdita dell'amico.

Continuava però a sentirsi colpevole, per non aver trattenuto il compagno dal compiere quel gesto sconsiderato. E poiché non era stato punito e nessuno sospettava quale ruolo avesse avuto in quella tragedia, ogni notte si autopuniva con un incubo da cui riemergeva sconvolto, sudato e in lacrime.

Pianse molto anche durante le sedute. Insieme decidemmo che per riscattarsi doveva fare qualcosa di utile per gli altri tra cui, ogni giorno, aiutare i bambini di una scuola elementare ad attraversare la strada sia all'entrata che all'uscita.

18

Un momento magico

Quando riemersi dal ricordo di quella dolorosa vicenda, chiesi a Cigoli, anzi a Marcello, dove si trovasse ora il registro. Glielo chiesi con *nonchalance* e dandogli del tu. E nel dargli del tu mi accorsi che non dovevo sforzarmi per creare un clima di maggiore intimità: ormai era una reazione spontanea.

La mia richiesta lo distrasse, così ne approfittai per sfilare la mano da sotto la sua. Lo feci con garbo ma senza indugi.

«Per il momento ce l'ho io. Anzi ne ho due. Appena ce li richiederanno, per via ufficiale, li consegnerò al magistrato» e mi indicò uno schedario, in un angolo del suo studio su cui c'erano due registri posati su un leggio.

«Non è un rischio lasciarli lì?»

«Non ti preoccupare, questa sera li metto in cassaforte, volevo che li vedessi. Comprendono molte annate, ognuna suddivisa in mesi e settimane. Le annotazioni sono fatte tutte dalla stessa mano: segno che Margherita se ne occupava personalmente e non consentiva a nessuno di accedervi, nemmeno all'infermiera e a Egisto.»

«Posso sfogliarli?»

«Certamente. Anzi, devi. Mi serve che tu dia un'occhiata. Chissà che il tuo intuito di terapeuta non ti faccia scoprire qualcosa di importante.»

«D'accordo.» E mentre lui rispondeva a una telefonata, estrassi dalla borsetta carta e penna e andai al leggio.

Incominciai dal primo, i cui dati risalivano a una ventina d'anni fa, e con pazienza mi misi a sfogliare. C'erano, in un ordine molto approssimativo ma comprensibili, sigle, date, nomi e cognomi delle pazienti e dei loro figli, a volte un numero di telefono e, a chiusura, tra parentesi quadre, i contatti del donatore. Qualche volta al posto del nome c'era solo l'iniziale, altre volte invece era scritto per intero. Nella maggior parte dei casi nelle parentesi c'era scritto ANONIMO, segno che non intendeva essere riconosciuto. In qualche raro caso, la scritta era DISPONIBILE ALLA MAGGIORE ETÀ.

Non trovai nulla di interessante fino a quando non vidi il nome Camillo accanto a quello di Nives, la sua mamma biologica. C'era anche, in caratteri piccoli, uno scarabocchio, un appunto veloce che, conoscendo la storia familiare del ragazzo, decifrai come "Milly", la mamma di intenzione del ragazzo.

Non ci pensai due volte e, come teleguidata, segnai sul foglietto nome, cognome, indirizzo e numero di telefono del donatore. Non era quello che avrei dovuto fare, non era corretto nei confronti del commissario e forse neppure dell'etica professionale, ma lo feci.

«Trovato qualcosa Vanda?» chiese Marcello, interrompendo per un attimo la sua telefonata. Benché gli dessi le spalle aveva certamente notato il movimento del mio braccio mentre scrivevo.

«Nulla di particolare per il momento» mentii e scuotendo la testa continuai a sfogliare.

Successivamente trovai il nome di Adelia Rubini. «Ecco,» dissi rivolta a Cigoli che nel frattempo aveva terminato la chiamata «è tutto registrato. Accanto al nome del donatore di Adelia

Rubini c'è la parola "anonimo", segno che lui non intendeva essere riconosciuto.»

Cigoli si alzò e mi raggiunse al leggìo. Per decifrare la riga che gli indicavo si avvicinò fino ad accostare il suo braccio alla mia spalla.

Ci risiamo. Dovrei scostarmi? In fondo può essere un contatto casuale tra colleghi di lavoro…

«Bene. Ora abbiamo la prova che Adelia Rubini era una paziente dello studio» disse. «Qualcosa da aggiungere, Vanda?»

«Forse Adelia si era innamorata del suo donatore… ma è soltanto un'ipotesi.»

«Un donatore anonimo? Che non conosceva? Ci si può innamorare di un fantasma?»

«Un amore a distanza… succede… è la fantasia che lavora alimentata dal desiderio.»

Avvertii la pressione dalla sua mano sulla mia spalla.

«Già, può succedere» confermò.

Ebbi anche l'impressione che mi accarezzasse leggermente i capelli. Ma forse era soltanto il suo alito.

«Hai un profumo delizioso, Vanda» mi disse.

Vicinanza pericolosa, pensai, e mi scostai leggermente di lato. «Si è fatto tardi, devo andare.»

«Non credere di cavartela così, c'è ancora una cosa che dobbiamo fare insieme: andare dalla dottoressa Damiani per un'ultima verifica. Non ci vorrà molto, voglio solo vedere come reagirà sentendo il nome della donna che l'ha aggredita. Ho già preso appuntamento con l'ospedale. In una mezz'ora facciamo tutto.»

Ed eccoci per la terza volta al capezzale di Margherita.

Come per le volte precedenti la dottoressa che l'aveva in cura ci raccomandò di non stancarla. «È un po' più vigile, ma le sue condizioni sono sempre molto critiche. Sono sopravvenute delle complicazioni polmonari e non siamo sicuri che possa farcela. Bisogna vedere se passa la notte.»

Colpita da quella diagnosi feci un passo indietro. *Forse sarebbe meglio lasciarla tranquilla...*

Cigoli però mi sospinse in avanti: «Vanda, è importante per le nostre indagini. Solo qualche attimo».

Margherita era sempre nella stessa posizione con la testa fasciata, ma gli occhi erano più vigili, febbricitanti, umidi. Ebbi l'impressione che mi riconoscesse. Mi avvicinai, le presi una mano e fissando il mio sguardo nel suo pronunciai in modo chiaro e intellegibile «Adelia Rubini».

Si agitò nel letto, poi pronunciò un «sì» strascicato ma pur sempre un sì.

«È lei che ti ha aggredita?»

Di nuovo un «siii» debole ma intellegibile.

«Bene,» disse Cigoli mentre ci dirigevamo al parcheggio in cui avevamo lasciato le auto «il nostro compito finisce qui. Invierò tutti gli incartamenti al tribunale che deciderà la data del processo. Ci ritroveremo in quella occasione. Io però spero di incontrarti prima, magari per un caffè.»

«Sei sposato commissario?» Non fu una domanda felice perché dava l'idea che volessi sapere se fosse libero. Ma fu l'unica cosa che mi venne in mente in quel momento.

«Divorziato con un figlio di tredici anni. Tu invece sei sposatissima e hai due figlie gemelle.»

«Già,» risposi e aggiunsi «nessun problema con il ragazzo?»

«No, almeno non per il momento. Ma potrei sempre venire io in psicoterapia da te, per sapere come deve comportarsi un padre divorziato con un figlio adolescente.»

Risposi con un sorriso.

«Che ne dici se ci salutiamo con un bacio? Un bacio innocente tra amici, s'intende.»

Nonostante la complicata danza delle mani sulla sua scrivania e la carezza sui capelli, questa richiesta non l'avevo messa in conto.

«Davanti all'ingresso del pronto soccorso?» obiettai cercando di essere disinvolta.

«Il luogo più adatto, che non desta alcun sospetto» esclamò divertito «e non mi sembra che ci siano telecamere di videosorveglianza» aggiunse guardandosi intorno.

E poiché non opposi resistenza lui si avvicinò e a me non rimase che porgergli la guancia. Ma Marcello ne approfittò per stringermi a sé e baciarmi sulle labbra, cercò di aprirle mentre io, invano, cercai di tenerle serrate.

Sentii le mie pulsazioni accelerare a mille. Fu un bacio lungo, intenso, liberatorio. E dopo quel bacio ce ne fu un secondo, ancora più intenso. E mentre le sue mani scorrevano lungo il mio corpo, lo attirai ancora più forte verso di me.

Fu un momento magico fuori dal tempo e dallo spazio. Fuori dalle nostre vite e dalle nostre storie.

19

Le gemelle in azione

A riportarmi nel mondo reale ci pensarono poco dopo le gemelle.

Mentre tornavo in studio con la mia Cinquecento, ancora sotto l'effetto di quei baci, ricevetti una telefonata.

La chiamata proveniva dalla scuola delle bambine: Ele e Lu erano nell'ufficio della direttrice in attesa che un genitore venisse a prenderle.

A quell'ora dovevano già essere a casa. Le avrebbe dovute prendere Joy insieme a una loro amichetta, che sarebbe poi rimasta a cena e a dormire. Evidentemente qualcosa era andato storto.

Possibile che Joy se ne sia dimenticata?

Tutto è possibile, ovviamente, ma non era mai successo prima di allora.

«Mi devo preoccupare?» chiesi al segretario che riconobbi dalla *esse* sibilante. «È successo qualcosa alle bambine?»

«Le gemelle stanno benone. Sempre in palla! La direttrice però ha bisogno di parlare con lei o con il padre. Con uno dei genitori.»

«Cos'hanno combinato?»

«Mi dispiace, non sono autorizzato a parlarne al telefono. Glielo spiegherà la direttrice» il tono era gentile.

Quando entrai nell'ufficio della direttrice, Elena e Luisa mi vennero incontro correndo: «Non è colpa nostra» gridarono. «Stavamo facendo una prova. È il papà di Andrea che ci ha fatto deviare.»

«Buone, buone, state calme! Deviare? Che cosa avete combinato?»

«Niente!» fu la risposta all'unisono.

Quando mi vide, Joy si alzò dal divanetto di legno su cui era seduta e mi salutò con uno sguardo mesto. Il segretario, che era impegnato con la fotocopiatrice, sollevò un sopracciglio. La direttrice invece, seduta alla scrivania su una poltrona ergonomica, mi indicò una delle due sedie di plexiglas trasparente di fronte a lei. Sull'altra era seduto un signore corpulento che disse di essere il papà di Andrea. Nel presentarmi a mia volta come la mamma di Elena e Luisa e ricevendo in risposta un grugnito, mi resi conto che il clima in quella stanza non era dei più amichevoli.

«Dov'è Andrea?» chiesi sperando che le due bulle non avessero fatto qualche stupido scherzo finito male.

«Mi aspetta fuori, sta giocando con un suo compagno di classe, un bambino giudizioso, non come queste due scriteriate» rispose il padre irritato.

«Andiamo anche noi a giocare con loro!» dichiararono le gemelle, per nulla turbate, avviandosi di corsa verso la porta.

«Voi restate qui!» ingiunse severa la direttrice, battendo una manata autoritaria sulla scrivania. «Dovrete spiegarci perché lo avete fatto e in che modo ci siete riuscite.» Poi rivolta al padre di Andrea: «Vuole cominciare lei signor Bernardi a spiegare cosa è successo in cortile?».

«Ecco che cosa è successo» esordì il signore guardandomi in cagnesco «le sue figlie sono riuscite a sfasciare il fanale anteriore del SUV, un danno che dovrà essere ripagato.»

La direttrice, severa, assentì in silenzio.

Il papà di Andrea aggiunse sbuffando: «Il danno, comunque, va al di là della semplice sostituzione del pezzo, il fatto è che non potrò usare l'auto per alcuni giorni, sempre che il fanale nuovo sia disponibile e non si debba aspettare che lo inviino dalla Germania, il che potrebbe comportare anche due settimane di attesa senza auto, nel qual caso dovrò prenderne una in affitto».

Le bambine, immusonite, dapprima fecero scena muta poi, incalzate da me e dalla direttrice, fornirono la loro versione dei fatti.

«È lui che ha lasciato la portiera spalancata» esordì Luisa con un tono di riprovazione.

«Bisogna chiudere la macchina quando si scende» aggiunse Elena giudiziosa.

«Ma perché siete salite su un'auto che non è quella dei vostri genitori?» domandò la direttrice con voce severa.

«Io non volevo salire, è Luisa che ha insistito» cercò di sfilarsi Elena.

«Volevamo provare come si stava seduti così in alto» precisò Luisa senza dare alcun peso alle parole della sorella.

«I sedili del SUV sono più belli di quelli della Cinquecento» aggiunse Elena.

«Sì, ma voi avete acceso il motore...» precisò la direttrice.

«È lui che ha lasciato la chiave infilata...» intervenne Luisa con lo stesso tono di riprovazione di prima.

«Non si lascia la portiera aperta e la chiave infilata nel cruscotto» precisò Elena, mostrando conoscenze tipiche dei bambini di questi tempi.

«Ma sentile queste due impunite!» sbuffò il signor Bernardi girando uno sguardo allibito e dandosi una manata di disapprovazione sulla coscia.

«Cosa volevate fare? dove volevate andare mettendo in moto la macchina?» continuò la direttrice.

«Volevamo soltanto vedere se si muoveva» rispose una.

«Per provare il SUV» disse l'altra «mamma ha una macchina piccola, ma a noi piacciono quelle grandi.»

«Il freno a mano era inserito» precisò sbuffando Bernardi.

«Ma noi sappiamo guidare!» esclamò Luisa. «Io mi sono messa alla guida, lei si è accucciata sotto, ha tolto il freno e premuto i pedali con le mani.»

Difficile descrivere lo sconcerto sul volto della direttrice nell'udire il resoconto delle due piccole bulle. «Roba da non crederci!» esclamò «una al volante e l'altra ai pedali!»

Il segretario invece commentò divertito: «E brave gemelle, avete fatto il team!».

«Ma che team e team,» ribatté Bernardi «sono un pericolo pubblico queste due scriteriate! Io da sotto non le vedevo, ho visto soltanto la mia auto che se ne andava. Chissà cosa sarebbe successo se fossero uscite dal cancello! Ma vi rendete conto!» e si girò intorno con sguardo sdegnato alla ricerca di consensi.

«Vi rendete conto di quello che avete fatto?» intervenni io preoccupata e incredula. «Potevate farvi molto male! Potevate investire qualcuno. Che cosa vi è passato per il cervello?»

«Sappiamo guidare, non siamo scriteriate! Se il signore non si fosse messo a gridare, io non avrei girato il volante» protestò Luisa proterva. «È lui che si è messo davanti!»

«E non avremmo mai preso il palo della luce» specificò Elena.

Vedendo che la sua auto si stava muovendo il signor Bernardi era accorso affannato, si era sperticato in grandi gesti, ma non avendo visto nessuno alla guida si era messo di fronte al SUV con le braccia spalancate nel tentativo di bloccarlo con il suo corpo. Scioccamente, perché non è certo in quel modo che si blocca un mastodonte di quelle dimensioni e di quel peso.

«Per fortuna che Luisa ha deviato» mormorai a bassa voce per non irritarlo più di quanto già non fosse. Era un tipo sanguigno e a una parola sbagliata avrebbe potuto infuriarsi, magari anche bestemmiare di fronte alle bambine.

«Non era mai capitata una cosa del genere nella mia scuola. Dovrò punirvi per quello che avete fatto. Mi consulterò con i vostri insegnanti e decideremo insieme.» Poi rivolgendosi a Joy: «Lei dov'era signora? Come mai le ha lasciate salire sull'auto?».

«Non le ho viste. Non ero ancora arrivata» rispose Joy in preda a un forte imbarazzo. «Ho dovuto fare una deviazione perché la strada era bloccata dai lavori.»

I lavori in strada erano una scusa accettabile, Roma è invasa da scavatrici e asfaltatrici. Le buche sono numerose e le voragini, in una città costruita sulle rovine dell'impero romano, fanno parte del paesaggio quotidiano. La puntualità, però, non è il forte di Joy. Evitai comunque di intervenire per non polemizzare. Cambiare la colf è sempre un problema. Polemizzai invece con il papà di Andrea dopo che le bambine erano andate in cortile insieme a Joy. Dovevamo scambiarci gli indirizzi e i numeri di telefono. Non fidandosi il signor Bernardi volle anche vedere la mia carta di identità.

Mi sentii punta nel vivo quando, guardandomi con sfida e usando un tono di forte riprovazione, sentenziò che purtroppo ci sono genitori che non sanno educare i figli al rispetto delle proprietà altrui.

Non riuscii a trattenermi e replicai che girare per Roma, una città piena di buche, intoppi e lavori stradali con un SUV, non è certo il modo ideale per alleggerire il traffico pesante e convulso della città. Aggiunsi poi che quei "macchinoni" non soltanto incuriosiscono i bambini e seminano invidia tra coetanei, ma sono comunque pericolosi, sia che li guidino i piccoli che i grandi.

Lui mi fulminò con un'occhiata di disprezzo. La direttrice bofonchiò qualcosa scuotendo la testa in segno di disapprovazione. Il segretario con la *esse* sibilante invece mi sorrise.

Quando poco dopo raggiunsi le gemelle in cortile, stavano giocando con tre maschietti a guardia e ladri. Uno dei tre era Andrea. «Ci stiamo divertendo!» protestarono quando dissi loro che bisognava tornare a casa. E dovetti alzare la voce per convincerle a salire sulla Cinquecento.

«A domani!» le salutò Andrea con un gesto della mano, per nulla turbato dall'incidente.

Nel guidare verso casa, mentre spiegavo alle due pesti che si erano comportate malissimo, in modo irresponsabile e che meritavano una punizione esemplare, una delle due, non ricordo quale, mi informò con tono trionfante: «Da grande farò la pilota di formula uno!».

«Anch'io! Anch'io» le fece eco l'altra.

Il che la dice lunga sull'incomunicabilità che può esistere tra adulti e bambini. La dice lunga anche sul fatto che con quelle due mine vaganti che mi erano capitate in sorte non avrei certamene avuto del tempo da dedicare ad avventure utopiche col mio fascinoso commissario.

20

Il corpo del reato

Con Marcello ci risentimmo al telefono nei giorni successivi per aggiornarci sull'evoluzione del caso.

Adelia Rubini dopo aver negato a lungo – in un interrogatorio in cui erano presenti Cigoli, l'avvocato e una poliziotta –, dopo aver pianto e avere accusato vertigini e un forte mal di testa, tra molti "non ricordo", lagnanze, correzioni e versioni diverse, aveva spiegato che tra lei e Margherita c'era stata una colluttazione finita male, sia pure fornendo una ricostruzione dei fatti che la vedeva più come vittima che come aggressore.

Secondo la versione di Adelia, Margherita si era categoricamente rifiutata di comunicarle l'indirizzo del donatore adducendo "come scusa" che il registro che lo riguardava le era stato rubato. E siccome Adelia non le aveva creduto, tra le due era nata una discussione dai toni molto accesi.

Margherita le aveva ingiunto di uscire immediatamente dallo studio, ma siccome lei non voleva andarsene senza l'indirizzo del donatore, aveva cercato di aprire l'armadio dei registri forzando uno dei due sportelli. A quel punto Margherita aveva cercato di immobilizzarla afferrandola per i polsi, era però scivolata e così era finita sulla pietra acuminata.

Una versione dell'accaduto che secondo gli esperti della scientifica non stava in piedi: i danni sul volto e il grosso ematoma indicavano un colpo violento “sferrato con forza” e, avevano aggiunto nella perizia, «con rabbia”.

Costretta a correggere la sua testimonianza, dapprima Adelia aveva accusato una “totale amnesia”, successivamente aveva ammesso, tra interruzioni e tentennamenti, che dopo una colluttazione corpo-a-corpo era riuscita a strappare la pietra di mano a Margherita, proprio mentre stava per colpirla lanciandogliela sul viso. “Senza volerle fare veramente male” ma per autodifesa, per allontanare da sé quel micidiale corpo contundente.

Poiché quella sera in studio non c’erano testimoni, era impossibile stabilire se Adelia stesse mentendo o se stesse dicendo la verità.

Quando al termine dell’interrogatorio aveva saputo che Margherita era in coma in ospedale con la faccia fracassata e un ematoma al cervello, aveva avuto una crisi isterica in piena regola. Prima si era accasciata sulla sedia e, se la poliziotta non l’avesse sostenuta, sarebbe scivolata in terra. Poi, una volta ripresa da quel mezzo svenimento, aveva accusato dei dolori al viso “molto forti” e una cecità improvvisa.

«Sono dentro a una nuvola nera» aveva mormorato alla poliziotta. Infine, aveva fatto mettere a verbale che di quella sera non ricordava più nulla. «Buio totale.»

«Lo stress post traumatico» aveva sentenziato l’avvocato «fa di questi scherzi, sia alla vittima che all’aggressore, e in questo caso non è ancora ben chiaro chi sia l’aggressore.»

In attesa del processo l’avvocato le aveva fatto ottenere i domiciliari.

Margherita, intanto, nel suo letto di ospedale, alternava momenti di confusione mentale con attimi di lucidità. Parole intellegibili con frasi incomprensibili. Quando andavo a trovarla la incoraggiavo dicendole che stava facendo progressi e che avrebbe riacquistato il suo look originario, si trattava soltanto di avere pazienza.

«Il chirurgo del policlinico è un mago, tornerai bella come prima, anzi più bella di prima» non mi stancavo di ripeterle. «E per quanto riguarda la bocca le protesi saranno perfette e luminose come quelle delle dive di Hollywood.»

Lei di rimando mi sorrideva a gengive scoperte.

Dopo un periodo di stato crepuscolare e di amnesie, Margherita incominciò a ricordare frammenti staccati di quella sera, prima in modo del tutto casuale, poi, grazie al mio aiuto e al graduale assorbimento dell'ematoma, nella giusta sequenza.

Ricordava di essere stata aggredita da Adelia pur avendole spiegato che il registro le era stato rubato.

«Non volle credermi... era una furia...» mi disse con fatica, sbocconcellando le parole. Voleva l'indirizzo del *suo* donatore... voleva il suo sperma» aggiunse poi un'altra volta in un linguaggio strascicato, comprensibile soltanto a me che conoscevo la vicenda.

E dopo un accesso di tosse: «C'era lì il sasso della bisnonna... mi ha colpita... mi sono difesa...».

«Chi l'aveva in mano, tu o lei?» domandai.

Non mi rispose, lasciandomi nel dubbio su chi per prima l'avesse afferrato.

Dopo una lunga pausa, mentre io l'aiutavo a tenersi dritta sui cuscini poggiati alla testiera del letto: «Ho perso l'equilibrio e lei mi è arrivata addosso» concluse. Non in modo così chiaro, ma quello era il senso.

«Avevi i tacchi a spillo?» le chiesi.

Sospirò e distolse lo sguardo.

Avevo sbagliato. Conosceva la mia opinione su quel tipo di

scarpe perché gliel'avevo ripetuta tante volte. Avrei voluto rimangiarmi quella domanda così sciocca in quella circostanza, ma ormai il danno era fatto.

Alternò brevi recuperi con ricadute allarmanti. Dopo circa un mese dall'uscita dal coma, quando stavo per perdere la speranza che riuscisse a riprendersi arrivò la notizia che le sue condizioni erano in netto miglioramento.

«Ha un fisico forte e ha reagito bene alle cure» mi spiegò la dottoressa un giorno in cui ero andata a farle visita e l'avevo trovata in poltrona. Così, dopo un intervento chirurgico alla mandibola e uno al setto nasale la mia amica tornò a casa, sia pure lamentando frequenti giramenti di testa, sbalzi di pressione e amnesie. I denti invece glieli impiantarono, con calma, mesi dopo.

Durante la convalescenza Egisto si riavvicinò a Margherita rivelando insospettabili doti da infermiere. In quel periodo fu così sollecito, gentile e convincente che Margherita, conquistata dalle sue premure, e seppure in linea di principio contraria alla vita coniugale, accettò la sua formale proposta di matrimonio. Si sarebbero sposati non appena la bocca fosse stata completamente restaurata.

«Voglio un matrimonio in piena regola, con il fotografo, un pranzo da dieci portate e la classica torta a tre piani» mi aveva detto al telefono nell'annunciarmi, con allegria, la sua decisione.

La notizia mi aveva fatto riflettere su quanto uno shock possa riassettare il cervello delle persone, ribaltando i rapporti in modi imprevedibili.

Chi l'avrebbe mai detto che Egisto, cresciuto in una famiglia in cui erano le donne, da sempre, a prendersi cura degli uomini fino a rammendargli i calzini, si sarebbe trasformato in un affettuoso infermiere?

Chi l'avrebbe mai detto che Margherita, orgogliosa della sua indipendenza, avrebbe voluto una cerimonia di matrimonio d'altri tempi?

Mi riproposi, comunque, di tenerli d'occhio per un po', nel caso in cui riemergessero, in Egisto, virulenze non del tutto sopite.

Il mio racconto potrebbe finire qui con la sola aggiunta che Adelia Rubini, guidata dal suo avvocato, scrisse di essersi pentita e di voler incontrare la dottoressa Damiani per chiederle scusa. Il perdono di Margherita le sarebbe stato di grande conforto anche perché era caduta preda di una rara sindrome, di cui non si conosce neppure il nome: accusava dei violenti dolori al viso – fronte, naso e denti – che lasciavano pensare a una identificazione con la vittima, che è poi l'esatto contrario di quell'altra sindrome in cui è la vittima a identificarsi con l'aggressore, ampiamente descritta nei manuali di psichiatria e rappresentata in vari film.

Dapprima Margherita accolse con fastidio la richiesta, poi, resasi conto dello stato mentale di Adelia decise di accordarle il perdono, sia pure a distanza, in forma epistolare. Aveva ancora delle amnesie sull'aggressione e un incontro in presenza le avrebbe probabilmente dissipate, eppure non volle sottoporsi a quella prova. Vi si oppose con insolita energia.

Il motivo di quel rifiuto? Me lo sono chiesto. Credo, conoscendola, che volesse prendere le distanze da quell'episodio drammatico, considerarlo un incidente di percorso e andare oltre.

«Voi psicoanalisti cercate di illuminare ogni risvolto dell'esistenza dell'inconscio, a volte però è meglio dimenticare piuttosto che accanirsi a gettar luce su ogni minimo dettaglio» mi aveva risposto infastidita, ancora convalescente, quando avevo cercato di far emergere dai suoi ricordi confusi l'effettiva dinamica della colluttazione. E così non riuscii mai a sapere chi per prima avesse afferrato la micidiale pietra della bisnonna.

Ad Adelia fu riconosciuta la semi infermità mentale e non potendo verificare chi delle due avesse preso l'iniziativa, le fu poi comminata una pena leggera da scontare a domicilio abbinata a una "energica psicoterapia". E siccome la psicoterapeuta le fu assegnata dal tribunale, Adelia uscì del tutto dalla mia sfera di competenza. Seppi poi che ottenne in seguito una riduzione della pena, sia per buona condotta che per il "sincero pentimento" – secondo l'avvocato – e anche per quella pulsione a identificarsi con la vittima che, secondo la psicoterapeuta del tribunale, indicava una forma di rimorso.

Durante il processo venni convocata dal giudice come persona informata dei fatti. Ebbi così modo di vedere per la prima volta Adelia Rubini. Ero curiosa di verificare se l'immagine fisica che mi ero fatta di lei ascoltandone la voce registrata corrispondesse alla realtà. Ci avevo preso abbastanza – formosa, gambe solide, caviglie forti, occhi vivaci, lineamenti marcati – i capelli non si vedevano perché erano raccolti in un turbante di maglina color magenta. Non riuscii a valutarne l'altezza, se maggiore, uguale o minore di quella di Margherita. Notai invece che indossava mocassini a tacco largo, non più alto di tre centimetri. Senza dubbio molto stabili rispetto a dei tacchi a spillo.

Margherita, che in alcuni momenti stentava ancora a reggersi in piedi, non venne al processo. Ci venne invece il commissario.

Marcello mi vide da lontano mentre entravo nella sezione penale del tribunale di piazzale Clodio e immediatamente mi raggiunse. Ci abbracciammo e ci scambiammo due amichevoli baci sulle guance. Trascorremmo così un paio d'ore fianco a fianco in un clima di ritrovata confidenza e consonanza tra colleghi. Lui allungò più volte la sua mano, una prima volta per sfiorare la mia, una seconda per stringermela, una terza per poggiarmela su un ginocchio, una quarta per farla scivolare un po' sopra il ginocchio.

Nel salutarci dopo la sentenza fu come al solito galante.

«Vanda,» disse, guardandomi negli occhi e tenendomi le mani tra le sue «mi farebbe molto piacere averti come consulente per eventuali prossimi casi.»

Difficile dire no a quello sguardo così intenso, quindi gli dissi di sì. Un sì che mi valse un bacio sulle labbra, sia pure timido perché intorno a noi c'erano altre persone.

Il mio racconto però non finisce qui come in genere succede in tutti i gialli che si rispettino, quando il colpevole è stato consegnato alla giustizia. Non può finire qui perché dal registro che Alessio Bini aveva sottratto a Margherita e poi consegnato *obtorto collo* a Caruso, e che Caruso aveva recapitato coscienziosamente a Cigoli, e che Cigoli mi aveva lasciato sfogliare nel suo studio, era intanto emersa un'altra storia.

21

Il "signore gentile"

Quando sul registro avevo visto i dati di Camillo, come preda di un riflesso condizionato avevo segnato tutto: la data della fecondazione, quella della nascita, il nome del donatore, l'indirizzo di casa di quest'ultimo e anche il suo numero del telefono.

Nel prendere quell'appunto non sapevo ancora se l'avrei utilizzato o se l'avrei cestinato, ero però spinta da qualcosa che poteva sembrare un bisogno di riparazione. Non molto professionale, forse, ma sicuramente umano.

Riparazione verso Camillo, che da quando Milly, la mamma non biologica, se ne era andata in Sud America era alla ricerca di un "genitore di rincalzo". L'espressione "genitore di rincalzo" aveva toccato un punto sensibile del mio subconscio, che aveva poi dato origine a un sentimento di forte empatia nei confronti del ragazzo.

Nessuno mi obbligava a riparare a quella mancanza. Quante mancanze irreparabili ci sono in questo mondo! Centinaia di milioni, forse anche di più. Ma Camillo era approdato nel mio studio, proprio da me, e io sentivo di dover fare qualcosa. Gli avevo detto che avrei cercato di aiutarlo e ora che quell'indirizzo mi era capitato tra le mani, pensai di provarci.

Facevo qualcosa di scorretto verso Margherita? Forse. E forse anche verso Marcello che di me si era fidato ciecamente. Ma a volte è difficile tracciare una linea netta di demarcazione tra il bene e il male, tra il bianco e il nero, tra ciò che è consentito dalla legge e ciò che non lo è, tra quello che si può fare e quello che invece non si può fare. E poi che ne sapevo di cosa aveva in mente il bel Marcello quando mi lasciò consultare quel registro. «Chissà che il tuo intuito di terapeuta non ti faccia scoprire qualcosa di importante» aveva detto e io quel qualcosa di importante l'avevo scoperto.

Per farla breve, mi feci coraggio e una sera tardi, quando Marisa se ne era ormai andata e io ero sola in studio, telefonai al donatore.

Il caso volle che rispondesse lui in persona. Una voce baritonale. Gradevole. Educata.

Mi presentai come una psicoterapeuta amica della dottoressa Margherita Damiani con cui lui aveva lavorato. Dissi proprio così «con cui ha lavorato» per tenere un tono distaccato.

Ci fu una lunga pausa. Le probabilità che mettesse giù il telefono erano elevate. E invece non lo fece: «Mi dica, a cosa devo questa chiamata?».

Scegliendo con cura le parole e dopo una breve premessa in cui gli assicuravo l'anonimato e il segreto professionale, gli spiegai che un ragazzo, nato da fecondazione eteronoma sedici anni prima, avrebbe voluto avere sue notizie.

Avrebbe potuto interrompere lì la comunicazione, come si fa con quegli scocciatori che vogliono venderti qualcosa, ma non agganciò.

Si schiarì la gola un paio di volte e poi rispose: «La dottoressa Damiani le avrà detto che quella donazione era anonima e tale deve rimanere. Io non ho voluto sapere nulla, né della donna fecondata né degli sviluppi. Nulla di nulla. C'era un patto chiaro sia con la dottoressa che con la ricevente. Seppi soltanto che la fecondazione aveva avuto successo perché la dottoressa, soddisfatta di come erano andate le cose, mi chiese un'altra prestazione.»

«Lo so. Conosco la prassi» risposi facendomi coraggio. «Ciò nonostante, non sempre si riesce a seguirla. Le prassi sono rigide, burocratiche, uguali per tutti. Le persone invece sono diverse e le emozioni seguono percorsi individuali. Ognuno ha la sua storia, i suoi desideri, le sue reazioni.»

«Siamo per caso in una seduta telefonica di psicoanalisi?» chiese ironico.

«Al telefono mai!» risposi ridendo.

«E dunque, che cosa stiamo facendo dottoressa?»

«Lei ha figli?» chiesi a bruciapelo.

«No, ma lo vede che mi sta facendo il terzo grado?»

«Preferirei parlarle in presenza, ma se avesse ancora un attimo di tempo le farei qualche altra domanda.»

«La ascolto...»

«So di essere invadente e le chiedo scusa... ma è sposato?»

«No.»

«Fa ancora il donatore?»

«No, l'ho fatto solo per un breve periodo.»

Vero. Margherita cambiava spesso donatore per evitare di mettere in circolazione troppi "fratelli".

«Non mi interessa sapere perché facesse il donatore, non è questo il punto, sicuramente avrà avuto un buon motivo.»

«Ero giovane, mi faceva comodo quel denaro e non ci ho pensato su.» Pausa. «Non c'è nulla di male nell'aiutare una coppia sterile.»

«Capisco... se le ho telefonato è perché cerco di mettermi nei panni del ragazzo, lui vorrebbe saperne di più della persona che ha contribuito a metterlo al mondo.»

«Non era nei patti. Anche la madre, mi fu assicurato, era d'accordo per l'anonimato. Anzi fu lei a richiederlo prima di me. Firmò persino un documento che io controfirmai. E poi il ragazzo un padre ce l'ha e sarebbe scorretto interferire.»

«Be', non è proprio così. Il padre non c'è. C'è solo la madre.»

«E allora, qual è il problema?» Avvertii l'irritazione nella sua voce.

«È il ragazzo che vorrebbe avere sue notizie, la madre non sa ancora nulla.»

Si schiarì la gola. Una. Due. Tre volte. «Be', senta, non so che dirle, è un problema che dovete risolvere voi. Lei è psicoterapeuta, ho capito bene?»

«Sì... il ragazzo si è rivolto a me sperando che potessi aiutarlo.»

«E allora lo aiuti! Saprà lei cosa dirgli e come convincerlo. Come spiegargli che io ho dato solo un po' di liquido e nient'altro: c'è chi dà il sangue, chi dà il midollo e chi dà lo sperma, dov'è il problema?» disse spavaldo.

«Be', per il ragazzo è qualcosa di più che un po' di liquido...»

Ci fu una lunga pausa durante la quale mi domandai se non mi fossi spinta troppo in là. E infatti: «Che dice se interrompiamo qui la nostra conversazione?».

Dal tono un po' incerto con cui pronunciò queste parole, che avrebbero dovuto essere definitive, intuii che potevo spingermi oltre. Con tatto, ovviamente.

«Come vuole, ci pensi però, non c'è nulla di vincolante in uno scambio di informazioni. Si metta nei panni di un adolescente che fantastica sull'uomo che ha contribuito a metterlo al mondo. Quanti interrogativi, quante domande. E tutte senza risposta.» Lo dissi cercando di essere più conciliante possibile. Quasi materna.

Non rispose. Intuii però un lungo sospiro.

«Più il tempo passa più il ragazzo costruisce nella sua testa un genitore fantasma, mentre se potesse avere qualche informazione su di lei, magari online o al telefono, continuerebbe a pensarla come il "signore gentile" che ha dato il suo "liquido". È così che la definisce, il signore gentile.»

Tossì un paio di volte. Non erano colpi di tosse veri e propri, servivano solo a prendere tempo.

«Questo lo dice lei, dottoressa. Ma non può sapere come potrebbero evolvere le cose dopo un incontro *vis-à-vis*.»

«Non lo posso sapere con certezza, so però che per questo genere di cose è meglio il confronto con la realtà che continuare a fantasticarci sopra. Le fantasie a lungo andare possono fare dei brutti scherzi.»

«Sarebbe...»

«Che so, il ragazzo potrebbe pensare che lei sia un uomo ricco, che ha una famiglia e dei figli. Mettersi in testa di volerli conoscere a tutti i costi. Sviluppi diversi, a volte imprevedibili. Che lo voglia o no, lei ha avuto comunque un ruolo nella sua vita. E se la maggior parte dei figli della provetta non danno nessuna importanza al modo in cui sono stati concepiti, qualcun altro invece si fissa nel voler ricomporre il puzzle delle sue origini. Va alla ricerca del tassello mancante.»

Dall'altra parte, silenzio. Non udii né la tosse né il respiro. Segno che stava riflettendo.

«Che cosa le costa inviarmi alcune informazioni su di sé, che io possa poi trasmettere a Camillo» azzardai. «Non significa che dobbiate incontrarvi.»

«Camillo?»

«Sì, si chiama Camillo. È un bel ragazzo. Ha un viso morbido e uno sguardo intelligente.»

Altra pausa. Altro lungo sospiro nella cornetta.

«Senta, dottoressa, facciamo così. Mi invii per mail una foto del ragazzo, poi ci risentiamo. Dubito che acconsentirò a incontrarlo perché l'impegno con la dottoressa Damiani e con la ricevente era per l'anonimato, ma ora che lei ha sollevato la questione ci voglio riflettere» e mi dettò il suo indirizzo.

Ebbi un moto di trionfo. Ero riuscita in una impresa impossibile! Avevo suscitato la sua curiosità e tutto questo al telefono. *Sei in gamba, Vanda!*

«Certo. Chiederò a Camillo di inviarmi una foto e poi gliela giro. Un'ultima cosa che forse avrei dovuto dirle prima, la dottoressa Damiani purtroppo è stata vittima di una aggressione ed è stata in coma per parecchi giorni. Lentamente però si sta riprendendo.»

«Veramente? Mi dispiace. Mi dispiace davvero. La dottoressa è una donna notevole che svolge un lavoro importante, di grande responsabilità. Speriamo si riprenda presto.»

22

Coincidenze e suggestioni

Scrissi a Camillo, che fu molto contento di sapere che accettavo di occuparmi del suo caso. Lo informai brevemente di quanto era accaduto a Margherita e gli spiegai che per completare i dati della sua cartella mi serviva anche una sua foto, che poteva inviarmi per mail.

«Non ti prometto nulla. Si tratta solo di un tentativo. Vedo se riesco a rintracciarlo, poi ti faccio sapere» scrissi nella mail per non illuderlo inutilmente.

Me ne inviò due: una con la divisa da calciatore, l'altra seduto al pianoforte. Sul leggio, bene aperto, si vedeva lo sparito di *Per Elisa*.

Girai le foto al "signore gentile" e attesi che mi rispondesse.

Trascorsero una decina di giorni e quando ormai avevo cominciato a perdere la speranza, ricevetti una sua mail. Ricopio qui di seguito il testo centrale di quel messaggio:

> Non ci crederà, ma il mio secondo nome è Camillo. All'anagrafe mi chiamo Marco Camillo, anche se tutti mi chiamano Marco e i due nomi compaiono soltanto sui documenti ufficiali. Sebbene io non creda alle coincidenze questa mi ha molto colpito. Camillo è un nome poco diffuso e un po' fuori moda. Era il nome di un prozio morto in guerra che mia madre

volle aggiungere a Marco, il nome scelto da mio padre. È sorprendente che questo nome spunti fuori come un fungo nella mia vita, come se quel prozio che non ho conosciuto si fosse reincarnato. Lo so che è una colossale sciocchezza, eppure, quando lei lo ha pronunciato, ho provato una forte emozione. Poi una notte ho sognato un ragazzo che mi veniva incontro, immerso nella nebbia, camminava per un lungo viale alberato chiamandomi Camillo ad alta voce. Dapprima la sua figura era un'ombra indistinta, ma via via che si avvicinava diventava più nitida. «Abbiamo lo stesso nome» mi disse quando, dopo avermi raggiunto, mi strinse la mano e aggiunse: «Non sono invecchiato e non sono morto del tutto». Non do importanza ai sogni, ma questo mi ha sconvolto. C'è anche un'altra coincidenza in questa vicenda, di cui le parlerò in seguito. Insomma, potrei incontrarlo. Senza impegno, obbligo o dovere. Che sia chiaro. Senza alcuna responsabilità nei confronti del ragazzo. Se lei è d'accordo potremmo vederci nel suo studio in una data e in un orario che vada bene per tutti.

Mi emozionai nel leggere questa mail. È sorprendente, pensai, come conscio e inconscio riescano a lavorare in sintonia. Nel sogno, era solito ripetere il mio professore junghiano, l'inconscio riesce a esprimere ciò che invece il conscio vorrebbe dimenticare.

Convocai Camillo, da solo, in studio e gli comunicai la bella notizia. Lui sorrise felice e mi ringraziò stringendomi entrambe le mani. Un gesto insolito per un ragazzo della sua età che però mi diede la misura di quanto fosse emozionato.

«Non devi però illuderti» gli spiegai. «A volte questi incontri sono deludenti, assai inferiori alle aspettative. In ogni caso il "signore gentile" ha accettato solo un incontro e soltanto quello, però ha capito che per te è importante fare la sua conoscenza.»

«Spero che lo sia anche per lui» rispose giudizioso.

«Questo lo vedremo. Intanto dimmi come va in casa, con la mamma.»

«Nives è piuttosto giù di morale. Le sto vicino, cerco di fare del mio meglio ma credo di non esserle di grande aiuto. Lei mi racconta cose di Milly che preferirei non sapere. Cose intime, della loro relazione, che un po' mi imbarazzano.» Si bloccò nel timore di lasciarsi sfuggire qualcosa che non lo riguarda e che io non ero tenuta a sapere.

«Capisco,» dissi «sono cose loro. Parlami di te, invece. Come ti senti?»

«Diverso. È cambiato tutto. Prima, come già le dissi durante il nostro incontro, non mi importava nulla di avere due mamme invece della classica coppia etero. Quando qualcuno mi chiedeva spiegazioni rispondevo che la mia era una famiglia come tutte le altre. Anzi, migliore di tante altre perché originale. La mia sicurezza li convinceva. Uno dei miei amici, che ha un padre taciturno e molto severo, arrivò persino a dire, di fronte alla classe, che mi invidiava perché le mamme sono più comprensive dei papà. Adesso, dopo che Milly ci ha lasciati, ho l'impressione che tutti sparlino della mia famiglia. Mi sento addosso gli occhi di tutto il mondo: insegnanti, compagni di scuola, amici, vicini di casa, conoscenti. È come se i muri della nostra casa fossero diventati di vetro e tutti potessero vedere quello che facciamo io e mamma, insieme e da soli, ascoltare quello che ci diciamo, giudicarci perché la nostra famiglia non è come le altre.»

Queste sue parole, spontanee e sincere, mi fecero tornare indietro di molti anni, quando avevo l'età di Camillo e mi sentivo osservata da mille occhi. Non solo i momenti pubblici ma anche quelli privati potevano crearmi delle tensioni che poi sfociavano nell'imbarazzo. L'imbarazzo portava con sé i rossori, i tremori, le timidezze, gli sbalzi d'umore, a volte persino i rimproveri da parte degli adulti che, insensibili, non riuscivano a spiegarsi la natura di tali reazioni.

Sentendomi al centro delle attenzioni mi vergognavo anche per cose del tutto irrilevanti. Cose che potevano riguardare me stessa *in primis* e i miei familiari *in secundis*. Se mio padre, per esempio, parlava a voce alta in un ristorante o diceva una stupidaggine, immediatamente scattava il senso di vergogna anche se nessuno intorno sembrava farci caso. Questo pubblico immaginario, che osserva e giudica, era stato il mio tormento per alcuni anni. Venni poi a sapere, studiando psicologia, che è una fantasia tipica dell'adolescenza legata al normale egocentrismo che caratterizza il passaggio tra l'infanzia e l'età adulta. È una fantasia di grande impatto emotivo. E il tono con cui Camillo aveva espresso il suo tormento mi aveva messa sul chi va là. *Lo devo aiutare*, pensai.

«So quello che intendi» gli dissi. «È come se intorno a te ci fosse un pubblico che assiste alle tue vicende personali, cose che vorresti tenere per te, nell'ombra, al riparo da commenti e pettegolezzi.»

Annuì.

«Dentro di te lo sai però, perché sei un ragazzo sveglio, che quel pubblico esiste soprattutto nella tua fantasia... Nella realtà quel pubblico c'è, ovviamente, ma è molto meno interessato ai fatti tuoi e della tua famiglia di quanto tu non immagini. Ti guardano ma non ti pensano. Commentano ma poi dimenticano.»

Sorrise, anche se poco convinto.

«Non c'è nulla di male nell'immaginare le reazioni degli altri, anzi è un modo per entrare in rapporto con loro, tenerli nella giusta considerazione. Non dobbiamo però consentire che questo pubblico abbia il sopravvento.»

«In che senso?»

«Nel senso che se non stiamo attenti e gli diamo troppo spazio, alla fine dilaga e ci sommerge.»

«Ci sommerge? Che cosa vuol dire?» chiese incuriosito.

«Vuol dire che è così che sono alcune nostre fantasie, possono sovrastarci, sommergerci e quando finiamo sott'acqua la realtà ci appare distorta, esagerata, sproporzionata e gli altri ci sembrano più grandi e più importanti di quanto non siano.»

«Già...» commentò pensoso.

Mi accorsi con soddisfazione che mi stava seguendo. Che la mia metafora acquatica aveva fatto centro. A me intanto era diventato ben chiaro il motivo per cui Camillo si era messo alla ricerca del "signore gentile". Cercava un riparo, qualcuno più forte di lui, da opporre in prima linea a quel pubblico immaginario che gli creava tanto imbarazzo.

23

Incontri

L'incontro a tre avvenne nel mio studio, come previsto.

Marco Camillo era un bell'uomo, come tutti i donatori selezionati da Margherita. Sui trentacinque e decisamente etero. Etero nella camminata. Etero nella voce. Etero nello sguardo diretto. Etero anche nei mei confronti.

Dopo i saluti formali, per un po' rimasero uno di fronte all'altro in piedi senza spiccicare parola. Si squadrarono dall'alto in basso. Più sospettosi che amichevoli.

Li invitai a sedersi sulle due poltroncine patchwork, che avevo sistemato in modo che fossero frontali.

«Be', emozionante» commentai nel tentativo di rompere il ghiaccio.

Marco Camillo abbozzò un sorriso. Camillo fece scrocchiare una dopo l'altra le nocche della mano destra, poi quelle della sinistra.

Aspettammo che finisse.

«Avete lo stesso nome. Una bella coincidenza!» tornai alla carica.

Continuarono a osservarsi come se guardandosi a quel modo potessero radiografarsi l'anima a vicenda.

«E non è la sola» intervenne finalmente Marco Camillo.

«Sarebbe a dire?» chiesi per far decollare il dialogo.

«Tutti e due suoniamo il pianoforte, a quanto pare.»

Il viso di Camillo si illuminò: «Davvero lei suona il pianoforte?».

«Sì, suono fin da quando ero bambino.»

«Anch'io!»

«Fammi vedere le mani.»

Camillo stese entrambe le mani in avanti, verso di lui.

«Sono le mani di un pianista» commentò Marco Camillo.

«E assomigliano alle sue?» intervenni io.

A questo punto Marco Camillo mostrò le sue mani. Erano identiche a quelle di Camillo: dita affusolate e snelle, unghie con la stessa curvatura regolare e lo stesso tipo di lunetta bianca alla radice.

«Vedo che avete trovato un primo punto d'incontro. Chissà quante altre cose volete sapere l'uno dell'altro... È bene che parliate un po' tra di voi. Non fate caso a me, ho del lavoro da terminare. Resto qui con voi nella stanza, ma è come se non ci fossi» e mi impegnai a ripartire in due cumuli le carte che avevo collocato di proposito sulla scrivania.

Incominciarono a parlare, prima sottovoce e poi normalmente. Prima esitanti e poi sempre più disinvolti. Chiacchierarono della scuola, del pianoforte, della musica preferita e anche di calcio. Camillo mostrò l'orologio che il nonno gli aveva regalato per la comunione. Marco Camillo parlò della sua vita da single e della sua professione di pianista in un'orchestra sinfonica.

«Do anche lezioni di pianoforte a bambini e ragazzi della tua età» aggiunse.

«Vuol dire che potrei venire a lezione da lei...» azzardò Camillo.

«Vedremo, vedremo,» rispose lui con tono pacato «un passo alla volta. Intanto mi puoi dare del tu.»

«Va bene se ti chiamo Marco?» propose il ragazzo.

Continuarono ancora per un po' a farsi domande e scambiarsi informazioni.

«Il tempo è scaduto!» intervenni scherzosamente indicando l'orologio a pendolo appeso al muro, che aveva incominciato a battere le ore.

«Avete esaurito gli argomenti o pensate che sia utile incontrarvi una seconda volta?»

Mi guardarono sorpresi, con aria interrogativa. Non volevo fare pressioni. Dovevano decidere liberamente.

Si scambiarono uno sguardo.

«Per me va bene vedersi una seconda volta» disse Camillo.

«Anche per me» rispose Marco.

Dopo avere individuato il giorno e la data fissammo il nuovo appuntamento.

Uscirono insieme dallo studio, continuando a chiacchierare mentre scendevano per le scale. Li vidi in strada dalla finestra che si salutavano scambiandosi un cinque.

Bisognava però coinvolgere Nives, assolutamente. Era stata una leggerezza imperdonabile da parte mia non metterla al corrente di quel primo incontro con Marco. E così, convocai anche lei dicendole del primo incontro e chiedendole di arrivare in studio mezz'ora prima dei due Camilli.

Nives, che aveva un nome in armonia col suo aspetto fisico, mi fece subito una grande tenerezza. Flessuosa, elegante, con la pelle molto chiara, i capelli biondo cenere e sugli zigomi due spruzzi di efelidi dello stesso colore degli occhi. Indossava una camicetta di seta azzurro ghiaccio, un paio di pantaloni grigi effetto pelle e dei sandali color argento, con lacci avvolgenti legati alla caviglia e tacchi molto alti.

Il mio primo impulso fu di metterla in guardia da quei

tacchi, ma mi trattenni perché non era certo quello il modo più opportuno con cui dare inizio al nostro incontro.

Non fu facile per Nives accettare di non essere stata coinvolta nella scelta di contattare il donatore. Mi sentivo colpevole e mi ci volle molto tatto, non per convincerla ma per portarla almeno sul mio terreno. Le spiegai che tutto si era svolto più rapidamente di quanto non avessi previsto e che per ottenere un risultato a volte bisogna essere tempestivi, saltare quelle tappe intermedie, senza dubbio importanti, che però possono ostacolare il raggiungimento dell'obiettivo. Le ricordai che era stata lei a inviare Camillo da me attraverso Margherita, e poiché, quella prima volta, non si era presentata in studio insieme a suo figlio, mi aveva dato di fatto carta bianca.

Le dissi anche che Marco Camillo sapeva che lei sarebbe stata presente a quell'incontro. «È abile nei colpi di scena» aveva commentato lui tra il polemico e l'irritato quando gli avevo fatto la proposta di un incontro a quattro. Poi però aveva accettato.

La mia spiegazione sul perché non l'avessi coinvolta fin dall'inizio non aveva convinto Nives, e aveva ragione. Si rese però conto che ormai non si poteva più tornare indietro e che comunque per il ragazzo rintracciare il donatore era diventato un chiodo fisso. Quindi non si oppose al desiderio di Camillo e, sebbene molto esitante, accettò di conoscere il donatore.

Quel giorno ci fu così un incontro a quattro, all'inizio pieno di imbarazzi, man mano più rilassato. Riuscimmo anche a ridere tutti insieme quando Camillo, con un'espressione seriosa, rivendicò di essere eterosessuale.

L'assenso di Nives arrivò per telefono quella sera stessa: «Capisco il desiderio di mio figlio, soprattutto ora che Milly non è più con noi. Sembra una brava persona, un uomo sensibile, mi ha fatto una buona impressione».

Per fugare il timore – che lei non mi aveva confessato ma che io avevo intuito – di poter essere soppiantata dal "genitore di rincalzo" la rassicurai dicendole che Camillo avrebbe continuato a volerle molto bene, che era lei la sua mamma, il suo punto di riferimento, il suo primo amore. Ciò non toglieva che un ragazzo avesse bisogno di confrontarsi con un maschio su questioni come il sesso, l'aggressività e i rapporti sentimentali.

Nessun assenso, invece, venne da parte di Margherita. Marco Camillo l'aveva chiamata per informarsi sulla sua salute e quando seppe che avevo messo Camillo in contatto con il suo donatore, giudicò questa mia iniziativa una grave mancanza di professionalità e, poiché eravamo amiche di lunga data, anche una specie di tradimento.

Mi chiamò subito dopo:

«Anche tu!?» disse furente, facendomi sentire come Bruto alle Idi di marzo. «Dunque sei andata a scartabellare nei miei registri mentre io stavo morendo in ospedale. Poi mi spiegherai come ci sei riuscita, visto che erano stati sequestrati dalla polizia. Non voglio pensare che il commissario Cigoli, persona tanto per bene, ti abbia consentito di avere accesso ai materiali del reato. E, come se non bastasse, hai messo in contatto il ragazzo con il donatore senza consultare né me né sua madre. Tutto di testa tua! Incredibile! E io che mi fidavo di te, che ti ho sempre presentata alle mie clienti come una professionista capace e irreprensibile!»

Emerse, così, una evidente differenza di impostazione tra di noi, di cui non ci eravamo rese conto tutte le volte che avevamo lavorato insieme, prima dell'inizio di questa intricatissima storia.

Non inviò più pazienti al mio studio e non si fece più sentire. Ci rimasi male anche se comprendevo le sue ragioni.

Proprio questa mattina, però, ho ricevuto una busta con le sue iniziali in rilievo. All'interno, in un pesante cartoncino, ho trovato l'invito al matrimonio, forse dopotutto avremmo potuto riallacciare i rapporti.

Chissà se ci sarà anche Marcello. Chissà se la sposa indosserà un paio di scarpe di raso bianco con i tacchi a spillo…

Ringraziamenti

Ringrazio Alberto per la pazienza e gli incoraggiamenti.

Annalisa Lottini e lo staff redazionale per la cura amichevole, costante e competente nella redazione di questo libro.

Indice

FSC
www.fsc.org
MISTO
Carta da fonti gestite
in maniera responsabile
FSC® C115118

Stampato presso Elcograf S.p.A.
Stabilimento di Cles